无论前方的路还有多远，你也许会哭，

答应我，一定要继续走下去。

陪伴
是世上最奢侈的礼物

miss you
already

Peter Su
著

中国出版集团 现代出版社

序

最重要的原来一直都在身边

“陪伴”这两个字，看似很简单，对我来说，却花了好长的一段时间才学会它。

对于每个人来说，在不同的年纪和状态，陪伴的定义各有不同。有些人认为简单；有些人则认为是件复杂的事。

还记得小时候，陪伴很简单，只要你愿意花时间和对方在一起，那就是陪伴的意义；但当我们有一天走过了荆棘满途、尝过了人情冷暖，对于受了伤的心来说，仅仅拿时间来换取陪伴又太过于肤浅。就这样，一直到有一天，当身边那些挚爱的人一一地离去，相处的时间越来越少，陪伴也开始变得奢侈。于是我们又像是回到了小时候那样，只要你愿意花时间陪我，即使什么事都不做，那便是陪伴的意义。

我们或许都曾出现在这本书里的某个生命经验里，曾为了那些不理解而逃避，曾忽略过身边那些挚爱的人。最后，绕了一大圈才发现，最重要的原来一直都在身边，最想去的远方就是回家。

我常常在思考，人生究竟是一场启程还是归航，而我们最后的终点又将会是哪里？

如果人生的期限就这样摆在你眼前，你会在终点来临前选择做什么？你愿意为了自己和你所爱的人，好好地活一场吗？

目录

有一种思念是，还没开口说再见，
就已经开始想念了。

1:32am

明明在同一片天空下，却无法马上走到他们的身边，
这强烈的感觉让小东无力，甚至连难过的情绪都快感觉不到了。

Chapter 1.

1.

在国外工作的小东，为了准备资料刚回到台湾；就在他回来的第二个礼拜一半夜，接到了一通电话，他双眼微张地看着床头柜上的闹钟——1 点 32 分，心想该不会是想约唱歌喝酒的朋友？

在新买的智能手机屏幕上，显示着母亲的名字和照片，不知为何他心中闪过一丝紧张的念头；接起电话，听筒的另一头传来了母亲的哀号声，不断地重复着："小东，你爸爸……你爸爸他休克了……医生刚刚做了急救，现在准备送进加护病房。小东啊，怎么办……"

如反射动作般，小东从躺着的床上直接弹到了地面，听筒彼方母亲的哭声，和深夜里的寂静成了强烈的对比。

不知是不是因为母亲如此崩溃地哭喊，反而让他显得异常的冷静。在这样没有飞机及火车班次的深夜里，他只能在电话里不停地安抚母亲说，自己会先简单整理一下，天一亮就搭最早的班机回家，并告诉她有任何消息一定要马上跟他联络，累了也先休息一下，虽然他知道这是不可能的事。

小东走向旅馆的阳台想试着透透气。11 月的台北，入夜后气温微凉，看着眼前大楼间闪烁的红灯、大街上嬉闹的年轻人，小东的思绪除了一片黑暗，就只有大楼间微弱的红灯残影、远在台东的母亲无助呐喊，以及下午通话时父亲的声音……

明明在同一片天空下，却无法马上走到他们的身边，这强烈的感觉让小东无力，甚至连难过的情绪都快感觉不到了。

2.

一个月前，小东为了签证的问题从新西兰回到台湾，心想既然之后待在家乡的时间不多，这次不妨多请一些假，顺便陪陪台湾的家人和老朋友。

飞机一落地，小东马上从台北搭最快的一班火车赶回老家——台东。他常常和新西兰的同事说，自己见过最美的风景就是台湾花东线的沿途风景；每当火车快速行驶过纵谷间翠绿的山野，可以看到金黄色的光束从空中穿透棉花糖般的白云，毫无保留地洒在一块又一块的稻田上，微风轻抚整片大地，叶子轻柔地来回摇晃。田野间，有几户人家正烧着柴，一旁的小径直通中央山脉的山脚下，村民一如既往地骑着摩托车通往回家的路上，窗外如此简单却又平凡的画面，像是一幅有生命的画作；小东每每经过这段路，心中总是有着一股难以言喻的平静。

但小东心里知道，所谓最美的风景或许不是因为眼前所见到的画面，而是因为这是回家的路。

对他来说，这是半年来才开始有的体会。当初他一心只想着离开这毫无发展的故乡，虽然母亲心里千百个不愿意，但还是含着眼泪、站在车站月台前支持他的决定。3 年前，小东就这样扛着一袋行李登上了北上的列车，隔着窗子，他看着一脸担忧的母亲对着自己比手画脚，一下比了个电话的手势，一下指着他的行李；他翻了翻行李上的口袋，发现里面放了几千元，原来母亲偷偷地塞了一些私房钱给他；十八相送的情节让他一个人在车上颇为尴尬，赶紧对着母亲比了个“OK”的手势，示意她不用担心，到了台北会打电话回家。

发车时间一到，列车缓缓前行，小东把头贴近窗边和母亲挥手道别，窗上因着他的呼吸而产生了一圈雾气；道别得越是用力，雾气的范围越是增加，短短几秒钟，几乎遮住了他的半张脸。母亲只是挥着手跟着列车前进了几步，似乎知道自己再怎么样也赶不上孩子的脚步，于是她停了下来，看着原本熟悉的儿子突然模糊的脸庞，独自一人站在月台间，目送着火车一路消失在转弯之后，眼泪早已来不及收回地打在月台上……

小东望着窗外渐渐远离的故乡时，他告诉自己，只有离开这里才有更好的发展机会。无论如何，去外头闯闯，都好过父亲逼他去自己不想去的学校；死守在这里，对未来一点帮助也没有，趁这些年多赚点钱，对自己还有家里的经济都会有帮助的。

小东对着窗上的雾气画了个圈，在圈里来回地涂抹，直到空白抹开雾气，心里不禁想着：“父亲呢，为何没来道别？”

3.

当火车抵达台东火车站时，母亲老早就坐在摩托车上等着小东，远远地看见他走出检票口后，急忙将手里的安全帽准备好，虽然一脸从容的模样，但小东看得出来她无法掩饰脸上雀跃的笑容。毕竟是自己的母亲，更何况她是那种所有情绪全写在脸上的个性，小东为了让母亲保持自以为的最佳掩饰，只是微笑着轻轻挥手。

走近之后，原本笑容满面的母亲便开始拿出看家本领碎碎念着："啊呀，是不是又变瘦了？"

"有吗？我最近有在运动啦。"

"我看你是不是都没有正常吃饭。晚上会在家吗？我有给你煮饭，你爸今天有钓到石斑鱼哦。"

"明天还会去钓鱼吗？我也要去。"

母亲告诉小东前阵子因为台风的关系，山上的养殖场几乎被摧毁，圈子里的石斑鱼全都流到了附近的港口边，所以这几天她和父亲两人没事就跑到港口钓鱼，几乎每天都可以钓到几条。

小东坐在摩托车后座听着母亲像是朋友般地分享自己的战利事迹，两人坐在缓慢的摩托车上，有说有笑地沿着田野旁的小径，骑向回家的路。

那一天，远方的夕阳一如既往地缓缓落下，当太阳渐渐地低过远边的山峰时，大地上的一切被渲染成一片又一片的色块，颜色随着时间的流动而变化，宛如小东和同事叙述过的那些画面，像极了那幅名为“回家”的画。

而小东不知道的是，原来自己也在那画里，一直都在。

4.

“您的父亲因为昏迷太久，醒来后，脑部可能会严重受损，你们要做好心理准备，稍后我们会为您父亲做进一步的检查，请在外面稍等。”

小东走出诊间室后，医生的话像回音一样地飘荡在医院的长廊上。

“怎么会这样……”一旁的母亲无助地握着小东的手，不停地重复说着，眼泪早已流个不停。

小东知道自己绝对不能哭，因为只要他一哭，这个家的最后一道防线就会彻底崩溃。

不知道在走廊上失神了多久，加护病房的门突然间被打开，护理师严肃地推着病床上昏迷的父亲快步走出，床边挂着许多仪器和氧气瓶，有那么一瞬间，小东发现父亲突然老了许多，已经不是印象中的模样。脸上的纹理加深了，灰黑色的发丝变得雪白，凌乱分岔的发流和黑白参差的胡茬儿；一时之间，憔悴的模样让小东几乎无法相信眼前的人，是那个在自己心目中曾经无比威严的父亲。

一旁的母亲见到依旧昏迷的父亲，拉着小东的手喊着："你儿子回来了，快起来啊，儿子，快跟你爸说你回来了。"

小东轻轻地在父亲身旁说着："爸，我回来了，快醒醒啊。"

母亲几乎无法控制自己情绪地在一旁对小东喊着："你说大声点，大声点。"

小东的理智线像是被母亲的哭喊声切断似的，抓着父亲的手死命地大喊："爸，我是小东啊，我回来了，我在这里。"

忽然间，原本还偶有交谈声的医院长廊陷入了一片寂静，只剩下小东的呐喊回荡在所有人来回飘移的眼神里。

5.

"我们需要一位家属陪同。"在进入X光室之前，护理师看着小东和母亲说。

小东向护理师点了点头。

“你会使用这个吗？平均 2 ～ 3 秒按压一次。”护理师示范着手上正在替小东父亲按压的氧气传输器。

小东来不及害怕地从护理师手上接了下来，小心翼翼地在心里数着：1 秒、2 秒、3 秒，压。生怕自己按的方式不对，因为父亲此刻的每一次呼吸都被控制在自己的手里，试着不胡思乱想的小东，心中却无法停止不想：眼前的父亲……已经无法自行呼吸了。走进 X 光室后，原本长廊上的杂音在这里全都静止了，安静得只剩下病床旁检测父亲心跳的电子仪器声响和小东沉重的心跳声。

咚……咚……咚……咚……，胸闷得发疼，像是有个人在拉扯，又重又无法挣脱。

哔……哔……哔…… 1 秒、2 秒、3 秒，压。

每按压一次氧气传输的小东，眼泪也不听使唤地跟着手中的步骤一滴一滴地掉下。但他知道，当 X 光室的门一打开，他便需将眼泪收起，因为外头还有一位无助的母亲需要他的力量支撑着。

在做完 X 光检查之后，护理师先将父亲推回加护病房，在解说完所有住院相关事项后，需要家属签署相关文件，站在一旁的母亲已经如此崩溃，小东便一手将文件接下。面对如此繁复的文件，反复读着手上每一份承诺书上密密麻麻的文字，这仿佛记载着一个人的生命分量；有那么一刻，小东清楚地意识到，原来一个人的生命可以如此脆弱，而每一次的签名就像是替父亲决定了生命的方向；一夕之间小东面对如此巨大的压力，双手颤抖着写下自己的名字，他知道此刻的自己如果不坚强下去，这个家就会全盘瓦解。

那天，走出医院大门的小东，抬头看着蔚蓝的天空，讽刺的好天气让他感到麻木，时间在此刻似乎失去了作用，他深深吸了一口气，知道现在的自己，是这个家唯一的支撑。

还来不及向昨天的自己道别，而今天的自己又不知该去向哪里，那天站在医院外头的小东，无论空白的画面在大脑里持续了多久，总希望能在眨一次眼后醒来，惊觉这只是一场梦。

听说幸福容易缺货，

如果你恰好有，请别乱挥霍。

时间，在我们成长的路上只负责前进，
从来都不负责答案。

11 月的第五个礼拜一

每个在加护病房外等待的人，脸上、手上、心上全都刻下了愿望，
只盼厚重铁门里的至亲能早日康复。

Chapter 2.

我有的不多，
但我能給你我僅有的時間，
不管你需不需要，我會一直在。

時間，在我們成長的路上
只負責前進，從來都不負責答案。

1.

11 月的台北，天气依旧扑朔迷离，时而像凉风惬意的秋天，时而像热死人不偿命的夏天，不知是不是因为这样，早上还没事的小东，下午忽然感到头晕、胸闷；外头艳阳高照，自己却裹着被子、蜷着身躯窝在旅馆的床上，指尖缓慢地轻打着键盘，准备签证的资料，看着电脑荧幕右上角的日期显示：礼拜一。心情感到非常忧郁。

怎么突然身体不舒服？索性关上电脑的小东决定先去看个医生。结果医生说没感冒也没发烧，只能回去多喝水、休息。回到住处的小东想想实在有够荒谬，便拿起手机拍下自己狼狈的模样，上传到 Facebook 写着——

“在这艳阳高照的日子里，明明早上还安然无恙，下午身体却突然发冷、胸闷、头晕，看了医生又说没发烧，人生就是这样，大家多保重身体啊。”

并附上一张看起来很累的笑容自拍照。

2010 年，全世界都流行在 Facebook 上记录自己的生活大小事；小东滑着前几天上传的照片，他和父亲在台东金樽港口钓鱼，他想着当时怎么没和父亲多来几张自拍，只顾着拍些钓到的石斑鱼和港口旁的船，以后一定要记得多拍几张合照。

或许是心灵感应，突然间手机铃声响起，是母亲的来电，小东怕母亲担心，清了清喉咙、试着调整分贝，好让自己的声音听起来稍微有点精神。

接起电话后，母亲便说："小东啊，在忙吗？"

小东说："刚忙完，正在家里休息。"

母亲说："跟你说，你爸爸发烧，我带他来医院，现在在打点滴；最近天气不稳定，你要注意保暖啊。"

小东惊讶地问："没事吧？"

母亲说："那天你回去后，他晚上就发烧了，跟他说去看医生，他耳根子硬，一直说没事，拖到今天才肯来看，刚刚骑车还晃来晃去，医生说先留院观察。"

小东说："爸爸呢？在休息吗？"

母亲说："你等等……来！你儿子找你。"

父亲的声音听起来像是刚睡醒。

父亲说："喂，小东啊，我没事，发烧打个点滴就好了。"

小东说："爸，要多休息啊。"

父亲说："没事，别担心。"

小东说："没事就好。"

或许是关心的词汇有限，又或者是一直以来和父亲之间保有的神秘距离，一时间小东只能反复地和父亲说着类似的句子，但也可能是自己身体不舒服，脑袋不好使。

结束对话之前，父亲和小东说："我知道你忙，事情办完之后，有空再回台东一趟吧，最近新买了一副钓具，陪我去钓鱼。"

小东说："好。"

"爸！要多注意身体哦。"电话挂掉前，小东急忙地说出这句话，像是想挽回刚刚短暂对话里的不足。

"没事的，你自己也是啊。"声音逐渐地远离话筒，应该是交到了母亲的手上，接着按下结束通话的按键。

电话挂掉之后，小东看着窗外的蓝天，台北的云看起来软塌塌的，像是快融化的过期糖衣，不像自己老家天上的棉花糖云，一朵一朵地飘在空中。他心想，如果事情提早办完，就再回家一趟吧。小东把视线移回旅馆的房间里，看着手机屏幕上显示着：11 月 29 日，礼拜一，5 点 49 分。已经快下午 6 点了，手机放在床头柜上，倒头便昏沉地进入梦乡。

那天，窗外的云飘得缓慢，像是个没人注意的一天，忙乱的下班街头、流窜的车辆，交错着此起彼落的喇叭声；闪灯时，快步跑过斑马线的学生，手里还拿着放学后买的零嘴。无论是父亲还是小东，都没人知道，刚刚那通电话，是父子间的最后一场对话。

半夜，小东便接到了那通父亲出事的电话……

2.

11月的第五个礼拜一，床头柜上的闹钟显示着：1点32分。

电话听筒那一边母亲的哭声，和深夜里的寂静成了对比。

GLENORCHY

3.

不知在医院门口失神了多久，直到小东口袋里的电话响起，才停止了这段暂时空白的断层记忆。是小东的好友玉子打来的，玉子起床看见小东一早传来的简讯，吓得从床上弹了起来，打了好几通电话都直接转入语音信箱，好不容易打通了，电话一接上便紧张地直问目前情况。

玉子说："现在情况还好吗？我一早打了好几通电话都打不通。"

小东说："刚刚有做 X 光检查，目前还是昏迷中，正在加护病房观察。"

玉子说："你妈呢？她还好吗？"

小东说："整个大崩溃，她现在先回去换洗，等等会再过来。"

玉子说："有什么需要帮忙就跟我说，我今天去公司看看可不可以换班，稍后再去找你。"

小东说："没关系啦，有事我再跟你说。"

跟小东认识快 10 年的玉子，不用问也知道，小东现在最需要的就是她陪他渡过这个难关，就算没帮上什么忙，只是出现在他身边，或许也就足够了；小东也知道，依玉子的个性，就算班没换成，估计也是马上直奔松山机场，搭最近的一班飞机过来，这大概就是他们之间不用说出口的友谊默契。

其实小东犹豫着要不要让玉子来，是因为在他心里对玉子一直有份愧疚感。

5 年前的某天，玉子的父亲清晨出门运动，却在社区的中庭被人发现昏迷倒地，在紧急送往医院急救后，医生说是天气寒冷，突然间的剧烈运动造成了心肌梗塞，在医院整整昏迷了 3 天。小东知道消息后，第一个赶到医院，远远地就看见玉子独自站在大门口，两个人什么话都没说，一见到对方便抱在一起；个性坚强如铁的玉子第一次在他面前放声大哭，小东也跟着流下眼泪。那一年，他们 16 岁，世界在那一刻停下了脚步，夜空中的月光凝固了时间，将两人的回忆包装成册，寄向未知的远方。

3 天后，玉子的父亲宣告不治，离开了人世，从那天起，小东便没再见过玉子掉眼泪。头七前一天，玉子传了封讯息给小东，希望明天他也能到场陪她；但头七那天，小东并没有出现，可能是自己也太过于伤心，不知该如何面对这样的事情，或许是害怕，或许是逃避，到现在小东依旧说不清当时为何没出现。

4.

曾经听人说过，有时候，最真诚的祈愿并不是在寺庙、教堂里，更不是在生日蛋糕前，大部分都发生在医院的长廊上。小东坐在医院的椅子上，看着其他忧心的家属在孩子的病床边来回踱步；母亲双手紧握，求天求地求医生；每个在加护病房外等待的人，脸上、手上、心上全都刻下了愿望，只盼厚重铁门里的至亲能早日康复。

小东沉浸在替别人编织的故事里，直到母亲叫了他一声，他才回过了神。刚回到医院的母亲问小东有没有新的报告，小东只是摇了摇头说："护理师刚来过，说等等有探访时间，正好你到了，我去问一下。"

"周宇的家属在吗？"话才说完，护理师就从护理站走出，一手拿着资料夹探头寻找。

小东和母亲快步走向护理师，护理师以专业飞快的速度确认了家属资料，翻了手上的病例报告，告诉小东和母亲，父亲在10分钟前有些微的意识反应，但目前都还在观察中，稍等会安排他们进去探访，或许试着再和父亲多说说话。

"所以是醒来了吗？"母亲夹杂着激动却又难过的情绪再问一遍。

"目前是有一些意识，不过还没完全醒来，我们建议不要太激动，或许可以给病人一些鼓励加油的话。"护理师熟练地说出这一串话。

5分钟后，加护病房的铁门缓慢地向右侧滑动，换上隔离衣的小东和母亲走了进去，可能是气氛凝重的关系，或是密闭空间的限制，小东明显地感受到里头的空调温度比外面低了几度；安静的加护病房只剩下检测心跳的机器声响，小东小心翼翼地走向父亲的病床前，仔细地看着双眼紧闭的父亲，一头凌乱的白发和黑白交错的胡茬儿，像是一个累了好久好久的人沉沉睡去，忘了该如何醒来。

小东伸出双手轻轻握住父亲的手，肌肤触碰的那一刻，小东紧张地颤抖，他几乎想不起来上一次这样握住父亲的手是什么时候了，一时之间，所有的不安和对自己的悔恨全都涌上大脑，他压抑着所有情绪，温柔地摸着父亲的手。

“爸，我是小东啊，你不要担心，我们都在这里，我知道你听得见我的声音，记得跟着我的声音走。爸，我们都在这里等你，你自己要加油，要快点醒来，我们说好了还要一起去钓鱼啊……爸……我爱你。”

小东的眼泪在眼眶里猛烈地打转，一旁的母亲隔着口罩捂着嘴，早已泪流满面；从泪眼蒙眬的模糊视角中，小东好像看见父亲的眼角渗出了一滴泪水，顺着憔悴的脸庞划过了时间留下的痕迹，重重地落在父子彼此的心上。

小东握着父亲的手，闭上自己的双眼，和所有人们相信的宇宙万物请求，愿将自己的生命分给父亲，希望父亲能早日醒来，无论要用多少年来换，他都愿意。

愿望沿着医院的长廊来到了白色墙边，穿过了窗边的缝隙滑出，划过了一旁的树梢；凉风吹落的叶子还在空中飞翔，像是愿望的翅膀正在寻找希望。那天，高挂在天上的不再是一朵又一朵的棉花糖云，而是小东一字又一句的真心。

最好的感觉是，你懂他的欲言又止，而他懂你的言不由衷。

有时候，哭并不代表软弱，

有些人的眼泪，是因为坚强了太久。

致　我最勇敢的母亲

沙漏里的青春

你要乖乖、快乐地长大，记得找一件自己喜欢的事，
最重要的是要去做，知道吗？

Chapter 3.

1.

时间在所有极端的情绪里，都会打破原本熟悉的流动速度。在快乐的空间里，时间用加速的方式前进，每个人都像贪玩的孩子，渴望着时间能再多一些；在悲伤的世界里，时间像是走在沙漠里的巨人，每一步都深陷沙土之中，像是没有尽头地缓慢前行。

对小东来说，此刻的自己就像是困在沙漠里的时间，一切化作悲伤，失去了前进的方式。

已经分不清是第几天，这样坐在医院长廊上的椅子等待着，父亲依旧躺在加护病房里，每不到 3 分钟，小东便反复按下手机的首页键，屏幕上显示着今天的日期：12 月 2 日，礼拜四。这是父亲昏迷的第 3 天。

小东滑着手机里的相簿，照片大都是生活里路过的风景照，连试着找到父亲照片的机会都没有，只有在上礼拜钓鱼时，不经意拍到的几张照片。他用两只手指斜着将图片放大，看着父亲专注钓鱼的模样，小东想起曾经和父亲相处的每一刻时光，虽然仅存片断的记忆。

中学二年级下学期，有次父亲载着刚放学的他，那天是段考，他坐在摩托车的后座，抱着父亲的腰间，自知成绩不是很理想，于是望着路上发呆。沿途路过的树被夏日的风轻拍着，橘黄色的夕阳穿过缝隙间，眼睛被闪过的光线刺着；一路上，父亲一如往常地没有多说话，快到家时，他突然打破沉默，对着背后的小东说："小东啊，你的梦想是什么？"

小东看着天上飞机划出的笔直白线，揉揉眼睛说："不知道。"

父亲停好车后，转身向他说："没有考好没关系，你要乖乖、快乐地长大，记得找一件自己喜欢的事，最重要的是要去做，知道吗？"

那时候的小东不知道，父亲的每一句话就像是生命里的储备力量，埋入了自己的心脏，筑起了一间房。

等待他有一天困惑的时候打开它，和那天天空上的飞机一样，明确地飞去自己想去的远方。

2.

"爸，我的梦想是能和你一起健康快乐地活着，去钓鱼、去旅行，去好多好多地方。"

坐在医院椅子上的小东，仿佛重回那天放学后的摩托车后座，

回答了当时父亲问的梦想。

这时小东才发现自己一路走得太快，忘了留点时间给现在，停下脚步后才明白，过去的时光像是被装进透明玻璃罐里的一张纸，丢向大海，等着有一天被回忆捞起，救赎忘了时间的自己。

只是在这片汪洋里，能救赎小东的却少之又少。

3.

和父亲之间的回忆仅存不多，能想起的都是高中之前的画面，高中毕业之后便只身到台北工作，说是要为自己的梦想打拼，但只是想逃离故乡和父亲，到一个远一点的地方，重新拼接自己对未来的想象，那里没有人认识他，也没有人用既定的方式定义自己。

高中第一年，小东因为不喜欢读书，放学后常常和朋友在外面闲晃到半夜才回家；第二年，父亲打算把他送去军校管教，不愿意的他开始和父亲起了争执。某天半夜他从衣柜里随便拿了几件衣服，摸着黑地从房间窗户爬到大门前的走廊试图翘家；背着学校用的背包，里面装着几件制服，踩着一台变速脚踏车，他飞奔到市区的朋友家，这是他第一次翘家。

半年前，小东在校外认识了一群从外地来台东工作的朋友，洁儿是一个专门搞街舞的舞者，罗姐和阿塔是一对沿着花东线一路卖盗版唱片过活的情侣，还有一个是在和平街开“说时衣旧”服饰店的小鱼，小东也是在这间店认识他们的。

在和平公寓的套房里，只有两张双人床再加上一条沿着墙边通行的空间。罗姐和阿塔睡在靠门口的这张床，洁儿和小鱼两人窝在靠窗的那张床，并肩玩着手机；房间走道上方挂着一个微弱的黄色灯泡，天花板正中央装着一盏外露的日光灯管，锐利的光线毫无保留地穿透这空间的每一处。小鱼起身从柜子里丢了一条棉被和枕头给小东，小东将背包放在墙边，勉强在走道上打了个地铺；躺在地铺上的他，数着天花板上凹凸不平的旧式壁纸线条，鼻子渐渐适应了棉被淡淡的潮湿霉味。不知何时，小东睡着了，梦里的他以为自己做了一个梦；他梦见自己回了家，在门口和父亲争吵，两人隔空嘶吼，没有人愿意退让，他的难过和愤怒几乎快逼出自己的眼泪；而后大门缓缓闭上，他从缝隙间的纱网看见父亲正若无其事地泡茶，自己却像个透明人似的穿过大门，滑到了客厅，父亲看着墙上的时钟，嘴角扬起笑意地起身，准备去接放学的他。

好久没看见父亲的笑容，小东在父亲身旁开始哭泣，身体因哽咽而抖动；他想着，曾经支持自己的父亲为何突然变了，父亲听懂他想说的吗？站在父亲面前的他越哭越用力，但是父亲看不见他，拿了钥匙后便转身出门。

洁儿摇了摇小东，他赶紧用手擦了一下眼角的泪，却发现枕头已被泪水浸湿了一块。洁儿指着墙上的时钟说道：“再不起床就来不及上学了。”

下一刻，小东才真正被枕头旁的闹钟叫醒，起身一看，洁儿他们还躺在床上睡觉。墙上的时钟指着6点20分，眼角的泪水还保留着余温，枕头上有一小块水痕；父亲转身出门的画面再度浮现，像是上一秒才经历的真实感受，小东窝进棉被里、把脸埋在枕头上，难过的情绪在这一瞬间被打开了开关。离开家的第一个早晨，他躲在和平公寓里哭了好久、好久。

4.

离家出走的时光过得飞快，一个月很快就过去。小东每天放学后，先是骑着脚踏车到和平街的服饰店“说时衣旧”；这里和小东所认知的世界不同，无论是印在衣服上的刺青图腾、挂在墙上的那张 70 年代庞克摇滚海报，还是插在柜台上的那面彩虹旗。小东走进更衣室里脱下学校制服，褪去了白天里学生的身份，戴上了夜晚时在社会努力生活的面具；无论是洁儿、小鱼、罗姐或阿塔，他们的身份和工作虽然不符合一般人的期待，不过他们就是一群努力活在社会边缘的孩子。小东在这里第一次感受到真正的自由，因为在这个空间里，没有人在意你的梦想是大是小、你的性别、你爱的是谁，你可以就是你，快乐可以很自然地发生。

走出更衣室，小东听见小鱼正急忙地挂上电话，原来罗姐和阿塔的唱片摊被抄了，她要先去警察局一趟，请小东先帮忙顾店，正在练舞的洁儿一会儿就会从体育馆赶回来。小鱼将店里的钥匙一把抓给了小东，便拿起包包匆忙地出门，留下小东独自站在店里，背景音乐正播放着艾尔顿·约翰（*Elton John*）的《你的歌》（*Your Song*），柜台上的彩虹旗因为关门吹起的风，微微地飘动。

英文歌词唱着：

And you can tell everybody this is your song

It may be quite simple but now that it's done

I hope you don't mind

I hope you don't mind that I put down in words

How wonderful life is while you're in the world

不知过了多久，洁儿赶回来时，店里正好有一个客人，她看小东招呼得挺得心应手，点了点头便走进柜台。客人晃了一圈后表示自己先回去想想再决定，小东说："没问题，欢迎再过来。"

他转身和站在柜台的洁儿翻了个白眼，洁儿嘴角微微地上扬。

小东说："刚才那个客人进来翻了好久，心不在焉的，根本没有要买。"

洁儿说："常常这样，客人走进来发现店里跟自己想象的不太一样，翻了一圈之后说自己再想想。"

洁儿看着窗外说："哦……不过，刚刚那个客人好像又回来了。"

小东转身看向外头，上一秒刚离开的客人，身旁多了一个快步跟上的身影，步伐紧张又飞快，发型看起来有点熟悉，仔细一看，竟然是自己的母亲。小东回头瞪大眼睛对着洁儿说：“是我妈！”话说完，他就用最快的速度冲进后方的更衣室，将自己反锁在里头。他站在门后不敢出声，头微微地低下，肩膀也拱着，紧张得连呼吸都差点忘记；他听见走进店里的脚步声，女客人喊着：“我刚刚看见他在里面。”

父亲因为工作的关系，在台东认识许多人，刚刚那个客人一定是父亲的朋友，小东躲在门后想着。

一个熟悉的声音突然出现：“小东啊，你在哪里？”

母亲着急地喊着。

洁儿走出了柜台，和小东的母亲打了声招呼，她说小东刚离开。

父亲的朋友语气突然激动，音调大幅上扬、一脸不悦地对着洁儿说：“不可能，他刚刚就在这里，他是不是躲在里面？”

母亲不管洁儿他们的对话，走到柜台拼命探头看了几次，不断地喊着：“小东，出来吧，你爸没有生气了。”最后她走到更衣室前，试着将门打开，却发现上了锁，她激动地敲门，并对着门后说：“小东？小东啊，我知道你在里面，你快回家，好吗？你爸他没有生气了，你这样子，妈妈很担心你。”

小东看着门缝下母亲来回踱步的影子，心脏几乎快跳了出来，脑海里闪过无数种开门后可能发生的事；他甚至想过将门打开，和母亲下跪并说对不起，或许回家后，父亲真的不再生气，从此过着快乐幸福的日子。但他不敢，因为他不知道离开了这个地方，自己的世界将会变得怎样。

小东轻轻地靠在墙上，沿着墙角缓缓地滑下，直到屁股着地，眼泪也跟着重力落下，他听到母亲拖着失望的脚步声，走出了门外。

那天，小东不知道在更衣室里待了多久，青春就像是被灌入沙漏里的时间，无法控制地沿着缝隙洒下，直到掩埋了全身上下，流向彷徨……

THE LUANDA EXPERIENCE

24/08/1996

锅贴店

有句话一直深刻地印在我的心上："关于成长，最重要的不是你赢过多少，而是你帮助过了多少。"

小时候我住在台东，在我小学三年级左右，曾有一段时间，放学后家里总是没有人，当时身上没有钥匙也没有钱；当街坊邻居的窗户开始飘出做饭的味道，肚子就会开始变得非常的饿。有一次我带着妹妹跑去住家附近一间卖锅贴的摊贩外头闲晃，正在煎锅贴的老板，脖子上挂着一条用来擦汗的白色毛巾，认真的神情看起来很凶，我和妹妹两人不敢直视，只好假装在等人的样子，但时不时地转头偷看老板和台面上看起来有点焦焦脆脆的锅贴，口腔里分泌的口水早已吞了好几次。

大概是我们的演技太差，老板突然叫了我们两个一声："喂，小朋友，要不要进来坐着等啊。"

我们两个点了点头，走进店里，其实严格来说也不算是个店，就是一块搭着铁皮的空间，外头摆了一组煎锅贴的厨具，里头摆了几张折叠式的长方形桌和圆形铁椅。我们两人坐在最靠近出入口的位置，瞪大双眼看着老板忙里忙外地送着一盘又一盘的锅贴和玉米浓汤；大概是玉米浓汤的香味剪断了我的理智线，等到老板回到煎台时，我默默走到旁边，用我此生最无辜的眼神看着他说："叔叔，我们可以点一份锅贴和玉米浓汤吗？等我爸爸回来之后再过来付钱。我们住在附近。"

其实我真的不知道我哪来的勇气说出这番话，只能说肚子饿的时候，我真的比谁都勇敢。

原本看似严肃的老板，二话不说地答应了。我发誓，有那么一刻我看见他的身后散发出一团佛系的光环。随后，老板端上了两份锅贴和两碗玉米浓汤，他用毛巾擦了擦脸上的汗，顺便关心了一下我们的状况。

这样的生活维持了一段时间，每当老板看到我和妹妹出现时，总是习惯性地问我们吃过饭了没，脸上原本严肃的表情全变成了温暖的笑容。

后来，锅贴店在我五年级的时候搬家了，我们也在隔年搬离了那个地方，这件事情也就随着时间被我淡忘；与其说淡忘，不如说是安放在记忆较深处的地方，暂时还没想起来而已。一直到我高中那年，来到台北念书，某天和老爸通电话时，挂掉前他说："对了，锅贴店的叔叔跟你问好。"一瞬间，所有被深埋的画面全都涌上了心头，我爸说，他们后来的生意越来越好，前几年，在市区附近开了一间餐厅，老板和他说，等我放假回去，要记得去店里吃饭。

可能是独自在台北生活久了，有点想家，挂完电话后，眼泪竟不听使唤地流了下来。

在生命中，我们会遇上许多人，无论好坏，终将成为回忆中重要的一部分；也因为如此，每件事情的经历造就我们成为所谓的"过来人"。愿我们都能将曾被帮助过的那份温柔，传递给正在成长的人们。或许，在你我的心中，都有着一间店，在你最需要帮助的时候，伸出了双手；如果没有，就让我们成为那样子的人吧。

我相信，终有一天，会有这样一个人在黑暗中，因为你的分享而勇敢地长大。

在我心里最空旷的位置，放着一本日记，
深夜时，当潦草字迹无声地悬浮在夜空里，
你的声音，让我不再害怕遗失勇气。

告别，是一段需要不断练习的课题，
那时候的“再见”也只是“明天见”而已。
愿我们都能在告别前，好好珍惜在一起的时光。

仅献给曾迷茫过的青春。

和平公寓

原来生命中有许多人说了再见之后，便是一场最深远的告别，
只是那时候的我们还不懂，这一次见面，就是最后一次了。

Chapter 4.

1.

小东放学之后，除了混在小鱼的服饰店帮忙，等到大家收工，再聚在一起挥霍青春之外，到了周末，小东还会跑到服饰店巷口的一间碳烤店打工赚取生活费。

大家都称碳烤店老板为阿叔，每天接近午夜打烊时，阿叔就会把今天没卖完的米血、黑轮、鸡排炸过再烤，给还在附近游荡的孩子填饱肚子。阿叔和小东说："两年前太太外遇离婚，其实结婚的这20年来，我们一直没有孩子，医院检查出是我的基因问题，所以我也不想继续耽误她；现在的我每天除了开店上班、念经修佛，什么都没了，有的就这么一个破摊子。这些在外漂流的孩子就像是自己的孩子一样，希望他们在寻找出口的过程中，还有这么一个破地方，给他们些温暖，想起自己有一天总是要回家的。"

小东知道父亲和阿叔也算有点熟识，不知道这番话是不是想暗示他"阿叔知道你翘家的事"。小东听完只是点点头，收拾着摊上用过的盘子，然后轻轻地叹了口气。

阿叔叫住正在收拾桌面的小东、拍了拍椅子，两人坐在摊贩前望着闪黄灯的十字路口，阿叔和小东说了个故事，这故事到现在依旧在他心上。

从前有个年轻的和尚，跟着老师父翻山越岭地回寺庙，途中经过一处河流，水流湍急，一位想过河的女士着急地站在前方，不知怎么过去，师父知道女士要过河，便自愿背着女士溯溪到对岸。之后师徒二人继续赶路，翻了一座山又过了一个岭，年轻的和尚再也按捺不住心中的疑问，质问走在前方的师父："师父，您平常不是教导我们不能近女色，为何您刚刚背着那位女士过河呢？"

师父说："我在过了河的那刻，已经把那位女士给放下了，为何你还放在心上？"

那天小东望着闪黄灯的十字路口，深深地点了点头。

阿叔说："有天，我们都会想要回家的。"

2.

碳烤店下班的时间总是精准地落在午夜之后，小东将水槽里最后一碟洗完的盘子沥干收起，阿叔走到小东身边，拍了拍他的肩说："剩下的我来就好，早点回家吧！"

小东双手擦了擦裤子的两侧，不确定阿叔和自己说的"早点回家”是不是一种暗示，阿叔没再说话，笑笑地把最后的工作收尾。

离开碳烤摊后，小东转进了和平街，两旁的店家早已拉下铁门，微弱的街灯照在黑夜中，像是把街道抽了色；街灯混合着夜空中的月光，小东的影子被拉得忽近忽远，青春像是进入了一场漫长的黑夜。小东缓慢地踱步在和平街上，他听着自己沉重的脚步声，想起几天前躲在更衣室的画面，耳朵似乎还听见母亲反复叫着自己的名字。不知为何，小东脑里闪过了小时候和母亲相处的画面；那时候，母亲抱着他笑得好开心，一阵愧疚感涌上小东的眼眶，他低下头，直到泪水掉入最黑的夜里。

3.

深夜里的街道，任何一点风吹草动都能轻易地被察觉，小东听见了后方的脚步声，以及背包上铃铃作响的挂饰，他赶紧将脸颊上的泪痕抹去，刚练完舞的洁儿从后方笑着说：“这么晚了，怎么还不回家，有心事呀？”

洁儿的声音浑厚却不失清亮，说话的方式豪迈又不失温柔，像是夜空中的银河划过了寂静的深夜，安静地散发着力量。对小东来说，她就像是自己的姐姐一样。

小东挤出了嘴角上扬的弧度，转过身和洁儿打了招呼。月光下，小东的笑容像是被染上淡淡的哀伤，洁儿没有说话，一手用力地勾着小东的肩，她说："走，陪我去散步。"

被强行拖着走的小东说："你刚练完舞，不累吗？"

洁儿说："做自己喜欢的事不叫累，有时候，为了活着，反而比较累。"

小东忍不住笑了出来说："洁儿法师，善哉，善哉。"

洁儿咬着牙说："你这小子。"

接着一阵扭打，两人在街上笑成一团，月光轻轻地摇晃着影子，把和平街的深夜晒成了电影画面。

他们两人走过了几条街，小东只顾着说今天打工的琐事，洁儿在一旁安静地听。一个像是怕尴尬般不停地说，一个默默等着对方自己说；就这样走着走着，最后绕回了和平街的"说时衣旧"，洁儿停了下来，小东也跟着停下了脚步，他知道自己终究要面对心中的烦恼。正准备开口时，洁儿抢先了一步，这也是小东第一次听见有关她们的故事。

洁儿说："两年前，因为家里反对我和小鱼的恋情，大吵一架后，我便被赶出了家门；小鱼的家人也是，她的父亲因为无法接受我们在一起，和她断了父女关系。那一天，我们两个坐了最后一班夜车到台东，这里没有人认识我们，或许我们还有机会，拥有属于我们自己的生活。”

洁儿的眼泪缓缓地顺着脸庞滑下，在月光下显得干净却又哀伤。那是小东第一次这么清楚地看着洁儿的脸庞，嘴角上越深的笑痕，似乎也藏着最深的故事。

小东看着洁儿没有说话，他知道洁儿和小鱼的关系，在他眼里，她们两个是他见过最幸福的爱情。

洁儿接着说：“你啊，还年轻，早点回家吧！你爸妈都很担心你，先把现阶段最重要的事情做好，趁还有时间和他们相处时，把你心里想说的事，找到一个方式好好说；他们也在学习。但我相信，他们一定都很爱你的。”

小东的眼泪不争气地又流了出来，但那感觉并不是哀伤，反倒像是在黑夜里看见一道光，温暖地打在自己身上。洁儿轻轻地抱住小东，笑着说：“哎哟，我怎么也哭了呢……”站在月光下，两人又哭又笑地拥抱着彼此，像是一场漫长的青春电影。

“再见，要好好地活着哦。”洁儿深深地和小东道了别。

小东回过头，在月光下给了洁儿最长的一道微笑。

故事在这儿开始，也在这儿结束。

隔天，小东回到了原本的生活，像是什么事都没发生过一样，和父母亲讨论过后，他们鼓励他，周末依旧可以到和平街巷口的碳烤店打工。几个月很快地就过去，“说时衣旧”好几个礼拜没开门营业，阿叔说，已经有一段时间没有看到小鱼和洁儿她们了；听说自从罗姐和阿塔被抓之后，两人就搬去了高雄，或许小鱼和洁儿也跟着搬过去了吧。

什么啊，什么都没说就走了，这样怎么联络啊？

小东望着渐入深夜的和平街，心里留下了许多疑问。

4.

时间过得飞快，一晃眼，小东已经准备进入高中的最后一个暑假。一年的时间看似很短，却足以改变许多我们习以为常的事；和平街上的“说时衣旧”早已换了店家，新挂上的招牌闪烁着俗艳的霓虹灯光，上面写着“夹娃娃”，店里挤满刚放学的学生，大家瞪大着双眼找寻自己喜欢的娃娃样式，从口袋里掏出硬币，屏气凝神地注视着夹子冲向目标，店里时而传来一阵欢呼，时而出现一句咒骂。

时光一去不复返，小东曾在这疆界找到的自由，现在全被禁锢在一个又一个的玻璃窗内。

那年暑假，小东没事就跑去市区里的一间冰店，喝着超大杯的西瓜冰沙消暑，感受午后的惬意人生。这天天花板中央的旧式电风扇依旧吱吱作响，小东的眼皮跳了几下，像是被电风扇的声响干扰，墙上的电视正播着一则插播新闻。

“今天早上，一位村民在台东大武山上发现了两名女子的尸体，两人紧紧相拥，四肢僵硬，研判已死亡多日。到场的警方在死者怀里找到一面彩虹旗子，疑似死者生前在旗子上写下了最后的遗书。”

或许这世界不适合我们，因为光是要活着，就得花上好大好大的勇气，谢谢曾出现在我们生命中的你们，我们终于要回家了。

鱼·洁

电视里打上了遗书的内容，接下来的新闻内容说了什么，小东几乎已经听不见；电风扇旋转时吱吱作响的声音渐大，小东害怕地拿起桌上的遥控器想将音量调大。新闻画面停在彩虹旗子上，接着主播说："详细的死亡原因，还有待警方进一步调查。"

随即电视画面切换成夏天水上乐园的广告，画面里，一群年轻男女在烈阳下开心地踩着池子里的水，践踏出的水花被阳光照得青春飞扬。世界仿佛一分为二，有些人就这样活在边缘……

小东离开了冰店，在艳阳高照的台东，快速地踩着脚踏车，下意识飞奔到和平街上的和平公寓；他站在深锁的大门前，只是发着呆，因为他心里不知该何去何从。

一年前小东在和平街的疑惑似乎有了答案，而那个曾在黑夜中照亮他的人，却忘了照亮自己。

这件事放在小东心上好多年，他一滴泪都没掉过。他曾经在新西兰旅行的途中，走进一间咖啡厅，看见一对情侣正互相凝视着对方，脸上充满甜蜜的神情，两个女生温柔地笑着，店里的背景音乐正播放着——

And you can tell everybody this is your song

你可以告诉每一个人，这是你的歌

It may be quite simple but now that it's done

它也许很简单，但终究已经完成

I hope you don't mind

希望你不会介意

I hope you don't mind that I put down in words

不介意我所写下的歌词

How wonderful life is while you're in the world

世上有了你，人生多美好

小东听懂了英文歌词，忽然间，潸然泪下。朋友问他怎么了，他边哭边笑着说："没事，听到这首歌，看着她们勇敢的模样，觉得好感动。"

原来生命中有许多人说了再见之后，便是一场最深远的告别，只是那时候的我们还不懂，这一次见面，就是最后一次了。

5.

这几天出神无数次的小东决定打起精神，于是起了身和母亲说自己要去外面找点东西吃，问她想吃些什么，母亲摇了摇头说自己不饿，让他先去吃。

小东走出医院大门后，看了一下手机荧幕上的时间，已经下午5点半，碳烤店的阿叔已经开始摆摊了吧，顺道绕过去看看他，这个曾经在他生命中扮演着心灵导师的阿叔，不知道现在过得如何。

台东市区的街道变得比自己印象中的更加热闹，潮流服饰店一间接一间地开，别具一格的咖啡厅错落在弄巷间，或许正值下班时段，路上的车比想象中的还要多，小东转过了一个巷子，又穿过了一个弄堂，不偏不倚地到了和平街的巷尾。

在他路过和平公寓的门口时，一楼大门旁的邮箱贴满红色的出租纸条；几个刚放学的学生坐在摩托车上嬉闹聊天，小东的年少轻狂早已不复存在，这个曾收纳着自己青春的地方，像是被回忆冲洗成一张旧相片，斑驳脱落地剪贴在这条街上。

嘿，小鱼、洁儿，你们两个，在天上过得还开心吧，我会替你们的那一份也勇敢地活下去。

6.

熟悉的和平街巷口，红绿灯规律地替换闪烁，碳烤店的阿叔正从冰箱里拿出今天腌制好的鸡排，准备一片接一片地均匀裹粉、下锅油炸，小东悄悄地走到了摊贩旁，想给阿叔一个惊喜。

“老板，我要一份烤鸡排。”小东故意压低声音，大声地喊着。

阿叔抬头一看见小东，开心地放下手上的工作说：“哎哟，回来了啊。”

新来的打工学生正从后面的仓库将盘子端出，笨拙地摆在桌子上，阿叔跟打工的同学介绍着小东：“这位可是你的老学长呢。”

小东尴尬地和年轻同学微笑点头，他对阿叔说：“真的耶，多久了啊？”

阿叔说：“你高二的时候开始在这儿打工，你现在几岁？”

小东说：“24 岁。”

小东又接着说：“这样算下来有 7 年了啊。”

突然惊觉时间走得如此地快，人总是在一瞬间，才意识到自己已经走了那么远了。

阿叔问了小东的近况，小东和阿叔说了父亲生病的事，今天是昏迷的第3天，目前还在医院观察中，阿叔看着小东担忧的神情，拍了拍小东的肩说："小东，你现在懂事了，加油！等方便的时候，阿叔过去探望你父亲，你有什么问题，尽管来找阿叔，知道吗？"

小东点了点头，阿叔拍拍他的肩膀，这个在人生不同阶段给予的鼓舞动作，让小东感到熟悉。

像是为了缓和这即将过度感性的气氛，小东问阿叔还记不记得自己高中时的荒唐事迹，阿叔像是开启了讲古模式，开始说着小东当年翘家、成天唉声叹气的傻样，一旁正在替鸡排裹粉的同学听得入迷，小东开始后悔自己开启这个话题，尴尬地对一旁的同学笑了笑。

原本还嘻嘻哈哈的阿叔讲着讲着，像是突然想起什么被遗忘的回忆，语调一转，身子向小东靠近了些；阿叔告诉小东，一开始他来应聘的时候，阿叔并没有打算再雇人，是隔天早上，在路上碰到了小东的父亲，父亲告诉他小东翘家的事情，希望阿叔能帮父亲多留意小东在外面的状况。阿叔这才告诉父亲，小东有来应聘的事，父亲便拜托阿叔让小东去他店里打工，阿叔也一口答应。

小东听着这被藏了7年的秘密，回忆像是被重新剪贴似的，他深深地吸了一口气。

阿叔叹了口气又说："唉，你不知道，你在这打工的时候啊，你父亲都躲在对面的巷子偷看呢。"

小东知道父亲爱面子的个性，只是他不知道的是，原来，父亲口里不曾说出的爱，都藏在了某处，静静地凝望着小东的方向，默默地守护着。

一时间过多的思绪混乱，印象中的回忆全都乱了排序，小东一点一点地重新拼贴着。这时，口袋里的手机响了起来，屏幕显示着母亲的来电。

小东接起了电话，母亲在另一头激动地说着："小东，小东，你快回来，你爸醒了……"

那个时候以为咬着牙坚持的人最勇敢，
长大之后才知道，
懂得放下的人，或许才是最强大的。

只要还没到美好的一天，故事就一定还没写完。

总有一天，你们会在人海中微笑地看着彼此，
有个人朝你走来，在这混乱的世界中拥抱你。
你们在人海中起伏着，随着生命的浪潮起舞，走过各式各样的路；
只愿最后走的那条，路上有你，一个只需眼神就能懂得彼此的你。
我始终是这么相信着的，愿你也是。

周小东

咖啡色的笔记本平躺在父亲的腿上，墨迹渗透了纸张，
纸上的潦草字迹写下了宽容，穿破了时间，
父亲像是一座岸边的滩，救赎了漂流在海上好久好久的小东。

Chapter 5.

1.

在医院的长廊，空气里弥漫着复杂的情绪，一路交织、蔓延到长廊最里面的加护病房外，还未入眠的人们，在座椅上将双手紧握胸前，嘴里念着心爱的人的名字，过去平凡的日常全都成了奢侈的愿望。

小东赶到了加护病房前，和母亲换上了隔离衣，加护病房的铁门缓慢地滑向右侧，他在心里默默地说着："爸，只要你能好起来，我什么都愿意。"

躺在病床上的父亲，双手被绑在床架上，一旁的护理师说，父亲刚醒来时非常的激动，把嘴里的管子扯下来好几次，他们先暂时性地将手固定住，换上了提供纯氧的鼻管。说完后，护理师轻轻地将绑在父亲手上的带子拆下，温柔地说："周伯伯，你的老婆和儿子来了，我们现在帮你把手松开，我知道很不舒服，管子刚刚已经帮你拆掉了。"

小东走向另外一旁，慢慢地替父亲松开床架上的绑带。

几秒钟后，父亲睁开了眼，他激动地看着小东，眼眶盈满泪水，小东压抑着心中的激动和难过，轻轻地摸着父亲的手，他说："爸，我回来了，你不要担心，我们都在。"

父亲的眼泪流了下来，下意识地想说话，却只能发出低沉沙哑的嘶吼声；鼻子上原本还透明的氧气罩，被激动的气息一来一回地蒙上厚厚的一层雾气。

一旁的母亲，眼泪也跟着流了下来，她看着护理师说："我先生怎么会这样，他怎么说不出话来了？"

护理师说："伯伯插管了好几天，声带可能有点受损，先不要担心，我们等医生过来再做进一步的检查，先让伯伯缓和一下情绪。"

小东握着父亲的手，看着父亲眼里打转着害怕与求救的神情，他的喉咙像是被穿破了一个洞，僵硬地说不出话来，仿佛父亲所受到的伤，都一股劲地打在他的心上。

母亲走到床边握着父亲的手，眼泪打在两人的手上，父亲持续地发出沙哑的嘶吼声，母亲对着小东说："你爸爸是不是想说什么？去找纸和笔来，先让他写。"小东把手伸进了隔离衣里，从后背包抽出了一本咖啡色的笔记本和签字笔，跳过了几页自己无聊乱写的日记，翻到了空白页，再递到父亲的手上。父亲的手开始左右摇晃地试着拿起笔，好几次笔都从手里掉落；直到握稳了笔，力道却像是失去控制般，手拿着笔在纸上毫无逻辑地来回乱画。母亲和小东看着一时无法控制右手的父亲，都憋着呼吸不敢说话，在病房里，三个沉默不语的人，都想假装自己很坚强，毫不害怕。

小东握起了父亲的手，试着让父亲慢慢写，一连写了十几页。父亲不断地写着三个字，小东看了好久还是看不出来，只能不断地翻开新的一页让父亲重复地写；父亲越写越急，像是刚学会拿笔的孩子，努力地想在纸上写下心里的话。小东心里开始猜想，或许父亲想和我们说抱歉，叫我们不用担心，小东边翻页边试着安慰父亲说：“爸，不用急，慢慢来，我们都会在这里陪你。”

当小东准备再翻开新的空白页时，他看着纸上的潦草字迹，突然激动地叫了一声：“爸，你第一个字是写‘周’吗？”

父亲也激动地点着头。

小东看着忽长忽短、上下不齐的笔画，他沿着字里行间的轨迹看见了第二个字写的是“小”，终于他发现原来刚刚父亲不断重复写着的三个字中的第三个字是“东”。

周小东。

突然间，有股强烈的情绪从后脑勺穿过血液流到了心脏，愧疚和自责像是长成了癌细胞在体内快速扩散，小东低着头抱住父亲，他的脸埋在父亲一夜消瘦的胸前，泪水全都化成了对自己的痛恨。

他从来没想过，父亲醒来后想说的第一句话，竟然是叫自己的名字，而自己一直以来只想逃离这个地方……

咖啡色的笔记本平躺在父亲的腿上，墨迹渗透了纸张，纸上的潦草字迹写下了宽容，穿破了时间，父亲像是一座岸边的滩，救赎了漂流在海上好久好久的小东。

2.

人有时候好像就是这样，当遇到天大的事情时，眼泪说什么都想忍住，谁都不愿意轻易地被别人看到自己的悲伤；然而内心深处我们又期待着被理解，最后，那些武装全都爆发在一句简单的安慰和一个无声的拥抱中。

走出加护病房的小东，看着手机显示好几封未读的讯息，其中一封是玉子传来的，玉子问了父亲目前的状况，似乎是等不及小东的回复，有两通未接来电也是她后来打的。

小东走出医院大门，回拨给玉子，听着电话那头的响铃声，看着眼前的画面，华灯初上，天边还残余着最后一道暗紫渐层的晚霞；人们在街道上来回穿梭，好像什么事都没发生过，在这样简单又平凡的日子里，他们从哪来，又要去向何方，小东心里想着。父亲明明醒来了，为何自己还是如此手足无措？一时间，小东的思绪全都散落在街道上。

“喂……喂！”玉子在电话里叫了好几声，直到小东回过神。

小东说：“呃，喂。”

玉子接着说：“目前状况如何？”

小东有气无力地说：“目前都还好，我爸醒来了，医生说会再观察，如果没问题的话，明天应该会转到普通病房。”

玉子说：“那就好。”

小东说：“嗯。”

玉子扯了一下嗓子说：“喂！周小东！给我打起精神好吗？”

小东和玉子两个人，是大家公认的超级好朋友。认识他们的人都知道，虽然他们个性天差地远，一个瘦弱腿短、一个冷艳高挑，一个优柔寡断、一个潇洒爽快，一个废话很多、一个冷面笑匠。当然，小东是前者，玉子是众人心中的冰山美人，想和她做朋友的人很多，但敢接近她的却不多；可能因为小东从来都不觉得她有距离感，也可能因为自己废话太多，这样互补的关系，导致两人一唱一和地走到了现在。

似乎是很久没有听见玉子念他的声音，这几天满载的大脑容量瞬间被清出一个区块，脑海浮现玉子白皙的脸庞，冷冷的外表下竟藏着一颗善良单纯的心。小东噗哧笑了出来，随后说：“哎哟，真希望能马上逃到你身边。”

电话那头，背景传来车辆路过的声音，喇叭声几乎和小东耳里听见的同步响起；眼前的道路正好有辆车经过，当它一驶离小东的视线范围，有个人正站在对街，得意地看着小东，她的脸上浮起深刻又令人难忘的神情。月亮初上，青春的夜空里，仿佛有人执起了笔刻画出友谊的轮廓，星星在夜空里一闪一闪的，就像玉子一样，自始至终，一直安稳地待在那里。

空气里，一段文字轻飘着，落在玉子和小东之间。

“亲爱的朋友啊，请体谅我倔强灵魂里的爱，因为无论在哪儿，我都会穿越人潮拥挤，找到你。所以你绝对不要轻言放弃啊。”

玉子挂上电话，远远地就看见小东傻傻地站在大门口，她穿越马路走到小东面前，两人看着彼此，玉子将双手张开，小东的眼眶早已盈满感动的泪水。两人在医院门前紧紧地相拥，没有多说，却能完整感受所有对方想说的话；小东将头埋在玉子的肩上，放声哭了出来，身体随着哽咽的声音颤抖，小东说了一句：“对不起！”玉子没有说话，她将脸侧着靠在小东的肩上。

小东像是无法阻止内心最深处的愧疚般，语带鼻音、含糊不清地说着：“那个时候我应该要去陪你的。但是我……我……真的好害怕，我不知道自己要如何面对你的悲伤。我真的好讨厌我自己，在你最需要我的时候，却没有出现，真的对不起……”“呜呜呜……”接下来，小东哽咽得几乎说不出话来。

玉子流下了眼泪，轻轻地笑着说："傻瓜，我早就原谅你了。"

几年前的某个夜里，月光曾凝固了时间，将他们的回忆包装成册，悄悄地，寄到了这里。

此时夜空里，两人的身影被回忆照得好长，这一年，他们24岁，世界不再停止，温柔地持续运转着。

3.

这几天，玉子陪着小东在医院来往奔波办理转诊资料。小东的父亲醒来之后，医生和他们说，如果报告的结果都没有问题，即可开始安排复健治疗。但因为父亲的血液需要做更详细的检查，需要再等待一两天的时间，小东原本希望带父亲去台北就诊，医生认为父亲目前的身体状况不适合长途车程，建议他们可以先以复健为主要目标，初期的3个月至6个月为黄金期，一定要好好地把握。

转诊的前一天，小东骑着摩托车送玉子到台东火车站，抵达后，玉子下车，脱下安全帽，一把塞给了小东："不用进去送我了，你赶快回去忙。"

小东点了点头没说话，玉子随即转身走进车站，小东看着玉子的背影，对着她叫了声："喂，玉子。"

玉子没有回头，只是继续往车站里走。

小东大声地喊了一句："谢谢。"

玉子没有停下来，背对着小东把手举起，在空中挥手道别。小东知道，玉子和他一样，最讨厌说再见了，他收起因为道别而感到的微微鼻酸，发动油门，继续勇敢地面对未知的明天。

不要辜负了在你难过时，第一个想起的人。

10/04/2005

你好，再也不见的陌生人

从小对广播就存在许多浪漫的想象。我总觉得，深夜里，广播发射出某种频率，接着，位于不同城市的人纷纷将手边的收音机调到某个对应的频道，像是天上的星星一样，汇集成一道美丽的银河。

印象最深刻的是电台点歌，同时在空中留下话语；有些是对着远方的人道出无尽的思念；有些是对着同班的同学，说出那些白天不敢说出口的话。

但每次我都在想，对方呢？他听见了吗？还是我们说出某些话，只是为了自己，好让自己在那些思念的深夜里，得到一点点的救赎。

去年，我主持了一个网络广播节目，时段是接近午夜。某天，我在节目结束前，临时起意想到一个主题；我请大家回头去想想，在自己的生命当中，是否曾经有想对谁说，可是自始至终都没说的话。无论是不敢开口的告白、迟来的抱歉，或是想和某个人说声谢谢都好，我会收集大家的故事，将过去来不及说的话，一封一封地投递出去。

那天晚上，广播结束后，我回到自己的房间，想翻翻柜子里放着过去回忆的盒子；我在其中一个放照片的盒子里，翻出了一叠拍立得，上面还用奇异笔写下了拍摄的日期。照片里，是一位高中和我曾经非常要好的朋友，姑且就先叫他阿耀吧。

阿耀家境富裕，身高180厘米的他白白净净、身材结实，是个单眼皮、有点鹰钩鼻的型男，只差不是校篮球队员，不然他真的会是学校的超级风云人物，虽然他也算是一半了。

阿耀是隔壁班的同学，我们之所以会熟识，是因为他的见义勇为。高一那年，我有一群死党，其中几个是我们班的同学、几个是别班的，阿耀便是其中之一。学生时期，一个团体里总会有几个比较出风头的领头羊，他们往往都比较受欢迎，是队伍里的核心。

每次放学，大伙儿会相约在公车站牌前，集合后再浩浩荡荡地一起去西门町吃东西、去东区闲晃打发时间；总之，那段时间，大家几乎都是团体行动，尤其是礼拜五放学后的聚会，生活就像是一部永不停歇的热血青春诗集。

某个礼拜五放学，我按照惯例走到公车站牌前，那天我等了一段时间，迟迟没看到大家出现，于是我先走回家；回到房间后，我打了通电话给其中一个和我非常要好的朋友（她是别校的，是当时其中一个同学的女朋友），电话接起后，背景声有点吵，我问他们在哪儿，她小声地和我说，她男友（也是当时队伍中的核心人物之一）跟大家说今天不要找我，随后又赶紧说："明天再打电话跟你说。"电话挂掉前，我听到捷运即将关门的声音：哔哔哔哔。

那天之后，我就再也没参加过任何一次放学后的聚会。大概过了两个礼拜，我在学校的走廊遇到正要去福利社的阿耀，他叫了我一声："怎么好久没看到你出现？"

当下我支支吾吾地不知该怎么回答，他一把勾住我的肩膀说："走，陪我去福利社。"

很快地又到了礼拜五，最后一节课之前，我和阿耀在走廊上聊天，他问我晚上有没有事，一起出去玩，当时我尴尬地说，可是其他人应该不想吧。

阿耀一脸不屑地说："谁理他们啊，就我们两个。"

从那天起，我和阿耀突然成了形影不离的好兄弟，除了上课会回到自己的班级以外，大部分时间我们几乎都混在一起。我们因为家里住得很近，他也知道我只身从台东上来台北念书，身上没什么钱，常常邀我去他家吃饭，他的家人也非常照顾我，总是摆满一桌无比丰盛的家常菜，每当周末一到，阿耀就会叫我去他家住，两人一起听音乐、打电动，礼拜一再一起去上学。

原本一群死党的同学发现了我和阿耀突然变得要好后，纷纷回过头想找我一起出去玩。一开始，阿耀不是很喜欢这样的感觉，所以他很少会答应；后来我们渐渐还是回到了原本的群体，只是阿耀会和我一起共进退。或许是因为我们住得近，可以顺路一起回家，但我知道，他只是不希望我再被其他同学欺负。

这样的日子过了几乎整个高中，途中阿耀曾和一个很漂亮的学姐交往，分手那天，阿耀在房间里抱着我哭，我也跟着一起哭，那是我第一次看到他如此脆弱。

高三下学期那年，阿耀和学姐刚分手几个月时，我正好和一个女生好友相约去垦丁玩，便找了阿耀一起去散心。也许是旅行的气氛很好，在回程路上，我的好友和阿耀熟识了起来，过了一阵子，两人便开始交往。放学后，我们三个常常一起吃饭，几乎什么话都能对彼此分享；当然，每次他们吵架的时候，两个人都要找我诉苦，我说什么都不是，只能点着头听对方说完，然后劝合。

有天放学，我和那位女生好友一起走回家，她开始跟我抱怨和阿耀吵架的事。原来阿耀最近和那个漂亮的前女友学姐又开始联系，详细的原因还没说完，阿耀就打电话过来，女生好友拿起电话给我看："打来了。"

我没说话，只能看着她犹豫接不接。两通来电未接过后，她最终还是接了电话，两人开始隔着电话吵架。手机听筒里传来的声音非常大，大到我可以听见阿耀带着怒气的声音，两人似乎又开始吵"为何要跟前女友联系"的症结点后，女生好友用眼神示意我也说一句，于是我在电话的这一头，轻轻地说："你明知道她会不开心，干嘛这么做，这次是你不对。"

说完后，我听到阿耀在电话那头非常生气地喊："妈的，关他屁事哦，你叫他不要吵。"

我跟女生好友尴尬地对看了一下，那也是我第一次和阿耀有了矛盾，一个本来事不关己的冲突。

后来他们冷战了两个礼拜，同时我和阿耀也处在冷战的状态。他们分手后，不知为何我跟阿耀也变得尴尬，没人愿意再提起这件事，最后就这样渐行渐远。

“遗憾的是，原本只要一句话和一个拥抱就能和好的事，如今却成了再也不见的陌生人。”

那天，我在节目里和大家说起这个故事，接近尾声时，我一一地念出所有读者写给我的信，上面写着许多来不及说出口的话，念着念着，泪水早已在眼眶里打转。所有的感谢和道歉，全都连成了一条抛物线，像是一条思念的弧度，在繁星的夜空里划破了时间。

后来听朋友说，高中毕业后，阿耀去了美国，很少再和台湾的朋友联系。

事隔这么久，希望你能听见，我迟来的一句抱歉。

“谢谢你，对不起，这个曾经这么照顾我的好兄弟。”

会说的人太多，能陪着自己的越来越少。

所以你一定要永远记得，那个在你最低落时，

第一个飞奔来找你的人；

那个永远陪你笑着同个梗、哭着同件事的人。

不知道又隐藏了几次悲伤，取代的都是脸颊上被挤出的笑痕，
是谁在耳边对我说，你已经是个大人了，
有些眼泪得流得不动声色。

笑得越是深刻，哭得才越是彻底。
我说啊，长大真的是个讨人厌的过程。

没有混乱的红色天堂

有些过往的回忆，在画面里看似平淡，
却占据着自己生命中最重要的一部分；
在某个日常的瞬间回想起来，安静着却也胜过千言万语。

Chapter 6.

1.

自从父亲转到普通病房之后，小东和母亲两人便开始轮流在医院值班。小东的主管也是台湾人，小东刚到新西兰工作的时候，主管把他当作自己的弟弟一样照顾；父亲出事后，主管理解他的困境，替他向公司争取以接案的方式继续工作，这样小东一方面可以专心照顾父亲，一方面还是有收入。

轮到小东照顾父亲的时候，他早上在医院帮无法自理的父亲翻身、如厕和洗澡，晚上就抱着电脑窝在那张折叠床上，处理公司的案子；因为两地时差的关系，没几天就熬出两个黑眼圈；但他不敢懈怠，因为复原的概率仿佛在和时间赛跑，每一天都是关键，一定要好好把握这半年的黄金期。深夜里小东看着躺在病床上的父亲这样想着。

然而在复健之前，他们还需要等一份血液检查报告。过了漫长的 3 天后，报告出来了，医生告诉小东，他们在父亲的血液里发现了一种超级细菌——“金黄葡萄球菌”；由于这种细菌非常容易传染给免疫力较弱的病人，所以父亲需要马上被隔离，暂时无法进行复健的治疗。

一脸茫然的小东只听得懂“超级细菌”这四个字，医生继续说，隔离需要多久的时间还有待观察，只要确定血液里都没有细菌了，便可以转回普通病房，恢复复健的治疗。

小东转向沉默不语的母亲，想伸出手握住她，却发现母亲两眼像失去焦距似的望着没有未来的前方，她心底的最后一道防线似乎在此刻瓦解成灰，“希望”两字成了枯树上的最后一片落叶，垂死挣扎地落下，直至飘落到深不见底的山谷里。

不久，父亲被送进走廊深处的一间隔离病房，小东站在走廊上，医院持续弥漫着低温的冷空气，从里到外地让小东失去了温度；以为一切都将慢慢变好的心情，忽然之间，全被隔离病房外一层又一层的铁门给冰冷地划出了界限。

2.

从父亲被隔离的那天起，母亲的情绪也开始变得异常；原本上一秒还平静地和小东说话，忽然间，像是被踩到什么引爆点，愤怒地指着小东破口大骂。两人起了些口角，母亲失控地怒吼，甩头转身便离开了现场；晚点再见到她时，早已浑身酒气、眼神涣散，嘴里还发出含糊不清的声音，走起路来重心不稳，见到东西又踢又甩。

这一幕唤醒了小东的记忆，让他感到一阵愤怒，因为这样的景象并不陌生。在他读小学的时候，有很长一段时间，母亲常常酒醉来接他放学；直到有一次，母亲一如往常地喝了酒要去接放学的小东，那天雨下得特别大，来往的车辆几乎失去了视线，母亲骑着摩托车准备要转进学校的路口前，被对向一辆联结车撞飞了出去，连车带人倒在滂沱大雨中；雨水在地上迅速地晕开成一摊血泊，一旁的住户听到巨大的撞击声，纷纷出来帮忙，有人在雨中替母亲撑伞、有人穿着雨衣在路边指挥车辆，救护车随即赶到，将母亲送进医院急救。医生说母亲的命大，这么严重的撞击，只断了一只右手，经过几天的检查，脑部也没有大碍，亲朋好友来探访时，个个都说："这真是不幸中的大幸。"

唯独小东。他放学后，坐在病房外，他讨厌看见母亲酒醉的模样，都是因为喝酒才把她自己弄成这样。那时候小东 9 岁，他讨厌母亲喝醉，但他更害怕的是，万一母亲因为喝酒发生意外而离开……想到这里，他紧闭双眼，小小的身躯发着抖，嘴里念着："活该，都是你活该。"

那个时候，"死亡"这两个字对小东来说还太沉重，逃避这个想象是他唯一能做的方式。

事隔这么多年，早已戒酒的母亲又开始酗酒。小东以为自己长大了，能面对母亲的醉态，但只要看见母亲如此狼狈不堪的模样，混乱的情绪里依旧会夹杂着愤怒。他想着，自己这么努力地在维系这个家的现况，母亲却在这时候，用这样的方式面对。小东偶尔会边掉泪边对母亲怒吼，仿佛大脑也失去了理智，他以为只要说出心里的感受，便能释放压力，但换来的只是母亲一脸醉意的无所谓，紧接着哭泣，以死相逼只是附带的基本情节。小东最后只能收起眼泪，试着安抚母亲，隔天，母亲像是没事发生似地继续扮演着母亲。没过两天，相同的剧情依旧重复上演……

这段时间，小东一方面要照顾被隔离的父亲，一方面要面对喝醉失控的母亲，加上工作需要重新调整进度，他常常吃饭吃到一半，眼泪不自觉地流下来。他不断地将食物加速塞进嘴里，直到双颊鼓起，没了空隙；因为他知道，在他即将无预警的崩溃前，一定要先逼自己填饱肚子，吃饱了才有力气继续面对。那天，他在走回医院的路上，突然崩溃哭出来；他蹲在大马路上号啕大哭，直到快被自己的眼泪淹没了。为什么哭？他根本没有头绪。

在人车熙来攘往的街道里，有个哭泣的男孩蹲在路边，没人知道原因。浩瀚的苍穹里曾有颗发光的星星，忽明忽灭地直到失去光芒。小东知道母亲可能生病了，或许自己也是。

回到了医院，小东重新打起精神，像是刚刚的事没发生过一样，继续坚强地在医院留守，抱着一台笔记本电脑，盘腿坐在椅子上，赶着公司指派的新工作。

长廊的另一头，值班的护理师加速脚步跑向小东。

一脸紧张的护理师拍了拍小东说：“你妈妈好像喝醉了，现在在大门口。”

小东戴着耳机没有听清楚，将耳机拿下，还没开口问，就听见远处隐约传来母亲的哭闹声，他快速起身走向大门，见到一脸醉意的母亲，满头乱发地俯坐在地，拖鞋散落在前后诡异的位置，脚底满是泥土的脏污；一旁的护理师和好心路人正试着将她从地上搀扶起来，小东冲向前帮忙，母亲见到小东后，情绪更加失控，她泪流满面地对着小东说不要管我，死命地喊着："我不想活了。"起身后将小东的手大力甩开，左右摇晃地撞上墙面，一脚拐到一旁的椅脚，又跌了一跤，跪坐在医院长廊上的她，歇斯底里地哭吼着。

母亲不断复诉着："我好累，我不想活了……我真的好累……"

医院锐利的灯色，不仅无情地照出母亲脸上因时光流逝而留下的刻痕，更是刺进母亲和小东的全身上下，贯穿了每一寸肌肤；混乱又愤怒的情绪在血液里四处流窜，小东跪坐下来，在地上抱着痛哭的母亲，他望着墙上布告栏贴的智慧小语，一张背景为蓝天白云的亮面海报，上面印着大大的书法字："明天会更好。"

小东无力地将视线移转回母亲身上，他心里知道，明天，不一定会更好……

3.

有些过往的回忆，在画面里看似平淡，却占据着自己生命中最重要的一部分；在某个日常的瞬间回想起来，安静着却也胜过千言万语。

经过昨晚在医院门口如八点档戏剧般的演出后，一早，小东便陪着母亲去精神科挂号。他看着母亲日渐消瘦的侧脸，一瞬间才意识到，原来她也老了许多；这样一路走来，她比谁都辛苦，小东几乎快忘了上次好好和母亲说说聊聊的日子是什么时候了，这段时间忙着照顾父亲和处理工作，是不是也忽略了她？想到这里，小东心底像是被种下了苗，一阵愧疚感急速地在体内增长。

脑海不由自主地浮现起几年前的某个夏天，母亲脸上挂着忧心的神情，站在月台前含着泪水支持着自己的梦想；阳光下她的脸被晒得红通通的，一双明亮深邃的眼睛写满母亲对孩子的关爱。小东永远忘不了母亲脸上的神情，她挂在风里的笑，是那个季节里，最明媚的一道光。

经过医院的诊断，母亲确定罹患了忧郁症，医生开了相关药物给母亲，药袋上标示着密密麻麻的警语和副作用，医生特别告诉母亲，喝酒会让药物副作用加倍，所以绝对不能喝酒。一旁的小东仔细地记下医生的告诫，坐在诊断桌前的母亲双眼无神，只是点了点头没说话。

这段胶着的日子像是场梦境，累坏的小东，常常不经意地在医院长廊的椅子上睡着。这天，似乎做了一个梦，梦里他站在小学的校门口前，远远看见母亲骑着摩托车，他朝母亲的方向用力挥手，金黄色的夕阳照在母亲脸上，无忧的笑容随着夏天的风飞过。小东坐上了车，双手从背后抱着母亲，两人开心地笑着，这样幸福的轮廓仿佛被时间剪成了一片悠长的温柔。

“您好，是周宇的家属吗？”小东的嘴角似乎正在微笑，护理师摇了小东的肩膀好几下，他才从梦里惊醒。

小东揉着眼睛起身，医生和护理师并排站在眼前，小东肾上腺素激升了一下，他迅速地问：“您好，请问我父亲的状况还好吗？”

医生卷起了报告页说：“经过这一个多月的持续追踪，最近两次的血液检查里，我们已经没有看到细菌了。”

小东睁大了眼说：“所以目前还是需要住在隔离病房吗？”

医生说：“您父亲现在复原的状况还算不错，我们建议可以先出院，并且开始复健，住家里也比住在医院好，心情会影响病人复健的状况。”

在和医生讨论过后，小东决定先将父亲接回家里，并着手安排复健疗程。原以为接下来的一切都可以进入轨道，没想到，回到家的第一个礼拜，父亲经常半夜咳嗽，有时甚至咳得停不下来；起初小东以为是插管后喉咙受伤所造成的，观察了好几天，小东觉得不对劲，一早起床便带着父亲回到医院做检查。到了医院，他纷纷和熟悉的护理师们打招呼，一旁来看病的老人零零落落地坐在不同的椅子上，小东推着轮椅上的父亲，快速地穿越医院走道，沿着地板的指示线走到了诊间门口，有那么一瞬间，熟悉的路线让他误以为自己在这儿住了一辈子。

在做完例行检查后，看着报告的医生眉头紧锁，他说：“我们在X光片发现，您父亲有感染肺结核，不过是非开放性肺结核，所以只要固定吃药，半年之后再复诊，基本上就没问题了。但接触过的家属都需要来医院做一次X光的检查。”

医生继续和小东说，接下来父亲可以在家治疗，卫生署会有关怀员每天到家里协助父亲服药，只要定期吃药，以后复发的机率非常的低；不过这将会是一段长期抗战，父亲必须停止来院复健治疗，暂时只能居家复健，他给了小东一些复健上的建议，希望他做好万全的准备。

小东似乎注意到父亲眼神里的变化，父亲四处张望着，医院里所有声响仿佛都刺痛着他全身上下的细胞；小东感受到父亲的害怕，因为他永远忘不了，那天在加护病房里，父亲张开眼后，向小东求救的眼神。

小东将手轻轻地放在父亲的肩上，仿佛从他的手心注入一股暖流，父亲的眼神随之安定许多。

那天离开医院后，小东推着轮椅上的父亲走到医院大门外，他心里其实也好害怕，对未来种种的不确定因素感到不安；他想着，这半年是最重要的黄金期，父亲却不断地跟各种疾病对抗。午后的阳光洒在父亲靠在轮椅手把上的消瘦手臂，小东看着他衰老的背影，他的沉默传到了小东体内，一股无形的压抑在胸口爆开。小东强忍着泪水，对着父亲说："爸，无论前方的路还有多远，我都会陪着你一起；也许会哭，但答应我，一定要继续走下去。"

小东知道自己的勇敢并不是全然来自自己，更大的一部分，是为了他深爱的父亲。

4.

离开医院仿佛是昨天才发生的事，这几个月来，小东早上一边处理公司的案子，一边照顾无法自理的父亲，平时陪着他练习原地踏步以及说话；到了晚上，除了照顾父亲，偶尔还要面对情绪失控的酒醉母亲。

这天接近晚餐时间，父亲躺在房间休息，小东走到厨房正想准备晚餐，听见门外有钥匙声准备开门，从钥匙撞击门锁的次数声来判断，母亲大概又喝到了九分醉。小东放下正在备料的菜刀，走出厨房，就见到母亲左摇右撞地晃到了客厅，将钥匙往地面用力一甩，小东冷静地走向前捡起钥匙并重新放在桌上；他试着压抑自己的情绪，温柔地将母亲扶到椅子上休息，在确认没事后，便走回厨房继续准备晚餐。过了一会儿，小东似乎听见客厅有动静，走了过去，发现母亲正将一堆治疗忧郁症的药一口吞下，小东冲向前想阻止，却被母亲的手甩开；喝醉后的母亲力道大得惊人，小东的右手被打得有点发红，他的理智线像是随时都要断掉般地被挑着。母亲站起身，走向一旁父亲的助行器，一脚踢开，愤怒地对房间喊着："这么辛苦干吗？生这么多病，干脆一死算了。"

助行器被踢飞到空中，像是一场不完美的飞行降落，惨摔在地面滑行了几米，猛烈的撞击声在宁静的傍晚里显得格外刺耳；窗外的狗吠声一阵又一阵地响起，躺在房间的父亲无法起身，用尽了全身力气朝着天花板嘶吼着，沙哑的声音简直穿破小东的耳膜。他急忙快步走向房间，握着父亲早已握紧的拳头，看着他满脸通红地盯着天花板，急促地吐着一口又一口的愤怒气息。小东将被父亲踢开的棉被又重新铺盖好，正准备起身时，听见母亲走向房间的脚步声，药效似乎被酒精加速了变化，母亲从厨房拿了一把菜刀，走进房间，朝着父亲的方向走去，大声吆喝着："我们一起死。"小东冲向前一把抓住母亲的手腕，母亲用力地在空中挥动着刀，两人在床边前后僵持，小东双腿因肾上腺素的快速激升而感到颤抖，后方的父亲躺在床上对空怒吼，四肢不协调地上下撞击床面，像是有条隐形的绳索将他压制在床上，越是用力挣脱，捆绑得就越紧。

在一片混乱之中，小东抓紧了时机试着将刀拿开，却在拉扯中不小心划伤了自己的手腕，一股炙热的红色液体从悲痛的体内喷发，直到洒落在母亲和小东的脸庞上。这时，母亲才将手上的刀给松开，小东一手抓着刀，另一手压着伤口，血液从指缝中缓缓溢出，倒坐在一旁的母亲开始放声大哭，床上的父亲似乎放弃了挣扎，眼神倒映出一道深渊。傍晚的空气里，红色的分子被凝结成一片又一片的悲伤，有那么一刻，小东几乎要将止血的手给放开，他心想："就是现在吧，让这一切都随着这深红色的液体流向那没有混乱的天堂。"

The Diary

11/05/2004

生日快乐

在你的生命里，有没有什么样的片刻画面，是这辈子无法忘记的？可能是一个人、一件事，又或者是一句话。

5 月 11 日，是我妈的生日，也往往是母亲节。我 17 岁那年的 5 月 11 日，是我永远无法忘记的一天。

从小我和妈妈讲话的方式很像朋友，也许是因为她很年轻，所以从我开始注重打扮时，她就教我如何穿搭，还会告诉我现在流行的东西。除了这些，她对我的教育方式也很开放，从来不会觉得我非得很会念书才算是好孩子；只要做人正直，健康快乐地长大，她就心满意足了。这部分我还真是要谢谢她，让我这个在台东长大的孩子，除了好山好水，还很好命（我承认我很不会念书）。在我的印象里，妈妈和其他同学的母亲很不一样，可能是她太过于独立，也可能是从小在部落里长大，城市里的价值观不适合她；很多事情她都表现得比其他人潇洒，甚至可以说是无所谓。最重要的是，她从来不在意别人怎么看她，“做自己”这件事，在她身上展露无遗，所以在我眼里，她一直是“勇敢”“大方”的化身。

到台北念高中之后，有段时间，我沉迷在这繁华的城市生活里。我主动打电话回家的次数渐渐变少，最后都变成我妈妈打电话给我；或许是因为时间过得太快，我的日历里面只剩下平日和周末两种区别，每当周末一到，我便和同学玩到通宵，常常礼拜天一整天都在家睡觉。

一如往常的某个礼拜天，我睡到了下午，起床就和朋友约吃晚餐，当时对我来说，这是一个再平凡不过的周末。当我在餐厅外面等朋友时，我接到妈妈打来的电话。

我："喂，妈。"
妈："你在忙吗？"
她的声音听起来似乎有点低落。
我："和朋友吃饭啊，没事吧？"
妈："没事，那……你先去忙吧。"
我："怎么了？还好吗？"

随后我妈一阵静默，无声的电话里，我隐约听见啜泣的声音，但台北市的街道太喧嚣，我紧张地再问了一句："妈，还好吗？我在这儿，有事可以跟我说。"

我妈像是被打开了情绪开关，突然一阵暴哭，她哽咽地说：“今天是我的生日，没有一个人记得，你爸不在家，你也不在家，好像都没有人在意我一样。”

一瞬间，我像是被打了无数个巴掌般。那一天，5 月 11 日，5 月的第二个礼拜天，是我妈的生日，也是母亲节。我才惊觉，台北市的餐厅外头，满满的都是庆祝母亲节的活动，路上一群笑得开心的家人，正准备走进装潢高级的餐厅庆祝这一天。

那天，我站在街上听着妈妈委屈的泣诉，也跟着掉出眼泪。

隔一个周末，我买了回台东的车票，想回去给她一个惊喜。途中我想起了老妈平时坚强的模样，什么事她都无所谓；那时候，我才知道，那个总是笑着说没事的人，却也是会在晚上独自哭到睡着的。

我亲爱的老妈，生日快乐，以后你的坚强由我来扛。

陪伴，是一个人能给你的最大礼物。
每个人的时间都有限，也都有属于它原本的价值；
当一个人愿意将有限的时间分给了你，
也等同最珍贵的给予。

即使只是静静地那样待着，也是他的全世界。

成长的同时，我们得到了什么，又失去了什么。
哭得没有以前纯粹，即使难过，也只是暗藏在皮肤底下；
不开心的还得假装微笑，明明在乎的还要假装不想要，
到头来，你得到了看似镇定的姿态，却也遗失了单纯的面貌。

最害怕的往往都是，长大了，
却也成为小时候最讨厌的那种样子。

BENMORE PL

生命的期限

生命是如此的有限。

原来，连活着都是一场奢侈的愿望。

Chapter 7.

我们将自己的灵魂捆禁在一个巨大的笼子里；是不是我们都将生命刻画得太过理所当然，所以在终点来临之前，它才会显得如此猖狂。

1.

很多时候，我们选择活着的方式，并不是因为我们打从出生就拥有心之所向的目标，而是因为我们被大脑里的回忆所支配，于是我们用尽了全力想去弥补过去的遗憾。可能是关于你自身的，也可能是关于你深爱的。

这段期间在小东脑海里的画面，就像是一场永无止境的循环电影，无论过了多久，某些深刻的画面，总无法抹去。

一个月前，由于父亲的复健状况一直不是很理想，小东决定带着他来台北就医。刚结束长达半年的居家肺结核治疗，其间因为父亲需要被对外隔离，只能在家做些基本复健；吃药的副作用造成父亲身体虚弱，导致复健恢复程度比预期还要缓慢，渐渐地，父亲也对自己失去了信心。小东感受到父亲无数次想放弃的念头，但无论过程再怎么辛苦，他总是陪着父亲握着助行器，一步一步地走；即便父亲躺在床上不想动，他也一起躺下来，握着父亲的手开始运动。小东看着父亲沮丧的脸，便试着说些好笑的事逗父亲笑；或许是太累，偶尔父亲不领情，突然一阵怒吼，还示意小东不要烦他，小东就会急忙笑笑地和父亲道歉，赶紧让父亲休息。但他从来不让父亲发现，自己走出房门外后，眼泪早已流个不停。

某天半夜，父亲突然想上厕所，小东听到了父亲微弱的声音，赶紧下床并带着父亲用助行器走到厕所。父亲在马桶上坐好后，小东再三叮咛父亲，上完厕所后一定要等他进来，不能自己随意站起来，不然可能会跌倒，父亲只是点点头，说完后，小东便走到厕所门外等着。深夜里的寂静有种魔力，仿佛所有的声音都能牵绊着你的神经，突然间，厕所里传来一声巨大的撞击声；原来父亲想试着自己起身，却重心不稳地摔了跤，头部直接撞到了墙，助行器猛烈地在地上来回撞击。

如噩梦惊醒，小东冲进厕所，赶紧扶起倒在地上无法起身的父亲，他看见父亲的额头撞出了一个包，忍不住说："爸，我不是跟你说要等我进来才能站起来吗？医生说你千万不能跌倒，这样子真的很危险。"或许是半夜被吵醒，小东的口气听起来有些不耐烦。

坐在一旁的父亲也恼羞成怒，对着小东吼了一句："不要管我。"原本沙哑不清的话语，在那一瞬间，小东却似乎听得非常清楚。

这段期间，小东为了照顾沮丧的父亲，试过了各种方法，只为了能让他打起精神来。但每当自己全心全意地付出，得到泼冷水般的回应时，他只能不断告诉自己，父亲心理的挫折感很大，小东自己必须再多一些耐心，不能让父亲看见自己也有失落的那一面。这几个月来，小东仿佛失去了悲伤的权利，每当深夜，独自回到父亲床旁的地铺被窝里，眼泪才得以被一点又一点地释放。但照顾者也是需要被关心的，当那些负面情绪被压抑太久，累积到最后，往往一发不可收拾。

小东听着父亲的怒吼，压抑着心中的情绪，他安静地将父亲扶向床边，正当想开口和父亲表达自己的不满时，他看见父亲脸上露出疼痛的表情；那一瞬间，苍老的脸庞在黑夜里，显得倍加孤独。小东深吸了一口气，收起嘴边即将爆出口的情绪，他拿了一条毛巾裹上冰块，轻轻地敷在父亲因碰撞而肿起的额头上；他安静地坐在父亲身旁，黑暗中，他似乎看见父亲眼角溢出的泪水，他温柔地替父亲拭去。那一晚，两人各自沉默不语地躺回被窝里，时钟里的指针在寂静的夜晚嘀嗒作响，像是引力般推着无力的两人，往未知的方向越陷越深。

The Diary.

14/09/2007

天堂的你，最近好吗？

曾有人说过，年纪越大越能看淡分离。但我觉得很多时候，我们并不是真的看淡，只是长大之后，我们懂得把感觉隐藏得比较深而已。

热爱旅行的我，也曾以为只要旅行得够久，路上遇到再深刻的事，都能习以为常地相遇，然后分离。但事实上，每一次的遇见，都只是累积了那些“离别”和“思念”在自己生命里的厚度；因为要承担长大后，那不知几斤重的面子，于是面对外在的世界，我们都不再轻易地承认内心也有脆弱的那一部分。

越是用情的，往往越是埋得深不见底。

有件事一直深刻地放在我心中。高中毕业那年，我爸从外面带回来一只白色小狗，它的名字简单又好记：小白。我爸带回来那天我帮它取的。

小白非常聪明，我爸不管走去哪儿，它总会跟在身后。它跟着爸爸出门买东西、周末就跟爸爸去港口钓鱼。平常，我爸只是单纯地从椅子上起身，什么事都还没做，小白就能分辨他现在是不是要出门，而且它可不可以跟，小白几乎可以读懂我爸所有的情绪和动作。那个时候我在台北工作，每次放假回去，我爸总是一脸得意和骄傲地和我说起小白的各种聪明事迹，我妈在旁边听了，总是开玩笑地说：“小白哦，是你爸的狗儿子。”

我爸退休之后，开始做起小生意，他开着一台发财车到学校附近卖炭烤鸡排，小白总会跟着我爸一起去做生意。我爸说，每次开车时，他会开一些窗，因为小白喜欢把头靠在车窗，迎着风的脸看起来很享受。

某天下午，我在打工的餐厅里接到了我妈的电话，她告诉我小白被车撞了，躺在路边倒地不起，已经紧急送去医院；医生说，小白的状况并不是很乐观，无法马上开刀，可能需要先观察一个晚上，明天一早进行手术，但是我们可能要做好心理准备。

我妈和我说，那天小白侧躺在手术台上，她轻轻地安抚它，告诉它要坚强，小白气息微弱地看着她，像是告诉她：“没事的。”

听到消息后，我躲在吧台里哭了好久好久，哽咽得几乎无法说话。可是当时是上班族的下班时间，许多客人正准备进门享用下班后的晚餐，我顶着哭肿的双眼，继续上班；但每当想起小白跟在我老爸后面的那副模样，眼泪就又不听使唤地流下。

隔天一早，我接到我妈的电话，电话里传来她和妹妹的哭声：“小白走了，医生说内出血太严重，没有撑过来……现在在医院帮它办后事。”

听完后，我的眼泪又再度溃堤，不知哭了多久，我突然想起，那我爸呢？他还好吗？

我：“那爸爸呢？”

妈：“你爸他没来。”

我：“怎么没来，他知道了吗？”

妈：“他知道，他说他不来了……”

那时候的我几乎要被眼泪给淹没，百思不解，我爸这么爱它，怎么可能没去看它。

我妈告诉我，爸爸太爱它了，他害怕见到它最后一面。

那天我妈他们回家之后，我爸自己一个人跑去港口钓鱼，我知道，那是他纪念小白的方式。

这件事过了很久之后，有天我和我妈聊到这件事，我妈说，小白走的那天，她在医院打电话给我爸，挂掉前，听见他偷哭的声音，我和我妈都知道，这的确像是爱面子的老爸会做的事。

过了好几年，我妈一直说想再养一只狗，我爸不是很愿意；在那之后的某天，我爸说他同事家的狗生了，于是就带了一只奶油色的小狗回家，只是这次他让我妈帮小狗取名字。对他来说，曾经给过名字的小白，一生只有那么一次的邂逅，也是唯一。

那天，家里的电视柜上多了一副相框，里面放着老爸和小白在港口钓鱼的照片。阳光下，他们的眼睛笑成了一条线，像是一道永恒，印在了心里。

亲爱的小白，你在天上还好吗？我们一直都很想念你哦。

我所理解的“幸福”很简单，就是能和爱的人在一起，
做喜欢的事、看喜欢的电影、唱喜欢的歌，
那感觉就像今天本来是个无聊的一天，可是因为和你在一起，
无论在哪我都愿意。

世界上有很多事情足以让你感到幸福，
而那些东西全源自于你对身旁的珍惜。

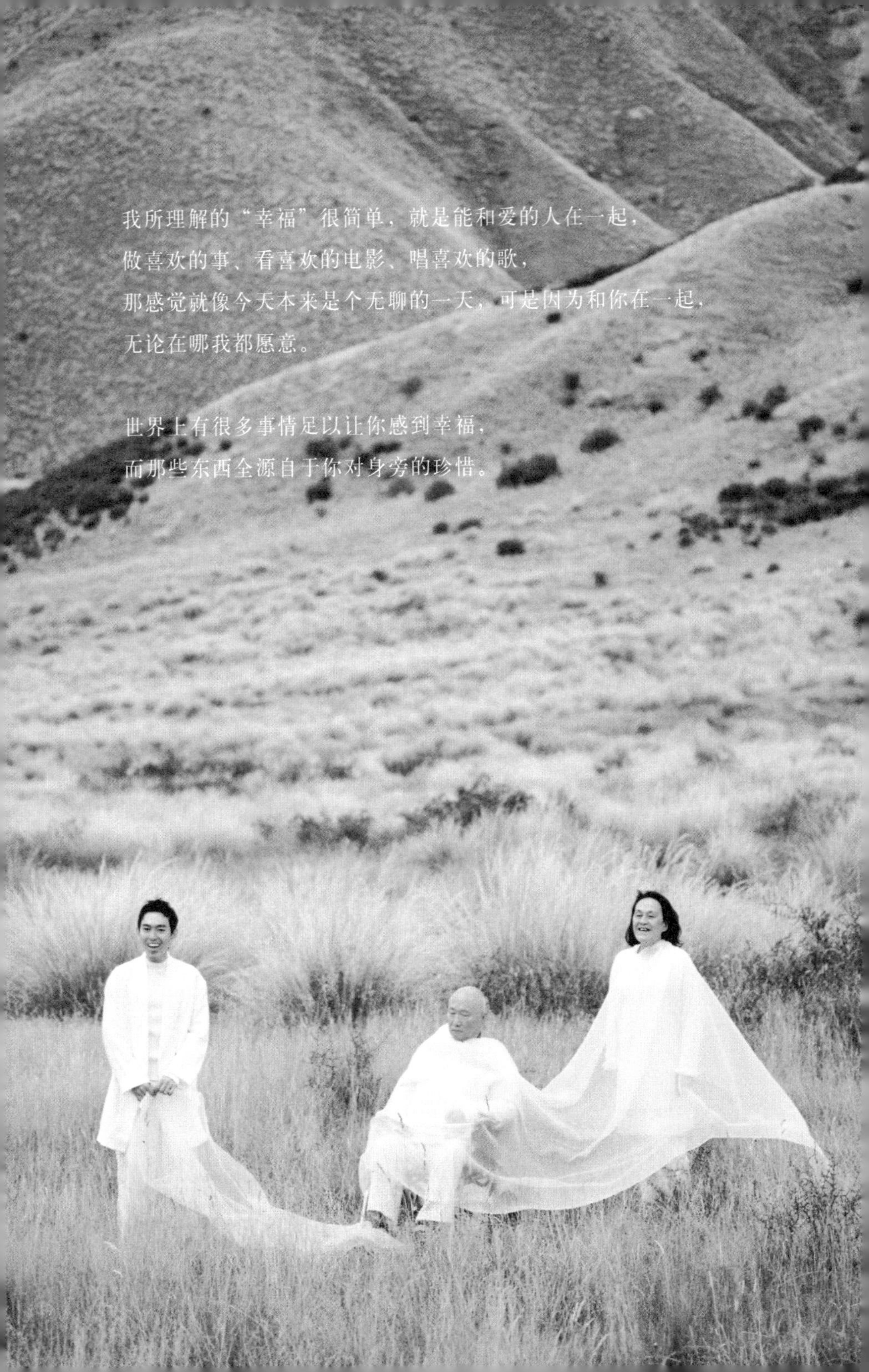

愿你遇到一个如太阳般的人，替你晒晒那心中阴暗的角落。

初次见面

像是一道看不见的洋流，徜徉在宇宙万物之间，
化作了一片温柔的形状，看不见却明显感觉得到，
他知道，那是人们口中说的：爱。

Chapter 8.

1.

夏天的台东，天上叠满厚厚的云层，用半天的时间集结了空气里的水分子，好让闷热的城市来一场无预警的宣泄。平淡的午后，有个男孩抱着一叠纸箱，躲在街边的屋檐下，他看着手上的时间，知道必须赶快回家，因为家里还有个父亲需要照顾；在他准备奋力朝着家的方向跑去时，他看着被大雨模糊视线的前方，他知道接下来的日子，不再有人替他撑伞，像是个没伞的孩子一样，下雨了，他也只能不断地在生命中奔跑。

小东跑回家后，全身湿得一塌糊涂，他将抱回来的纸箱靠在门口的走廊边晒干，看着堆满纸箱的客厅，心想，这是最后一叠了，等自己的房间装箱完毕之后，搬家打包的事情就大功告成了。接着把他们带去台北，那里的医疗资源比较丰富，租一间医院附近的房子，除了可以就近看诊，亲戚和朋友都住在那儿，或许这样会是现阶段最好的安排吧。

小东回到了房间，将身上湿透的衣服脱去，换上了干净的衣服后继续打包。在整理衣柜时，他翻到好几个尘封已久的纸盒，盒子里有他从幼儿园到高中的毕业纪念册，底下堆着满满的旧照片；照片上的母亲，皮肤白皙透亮，看起来好年轻，配上一头利落的乌黑短发，阳光底下，她是如此耀眼。母亲抱着小时候的小东，两个人的眼睛笑成了一条缝。

他知道，大概是母亲在他离家去外地工作时，将这些回忆偷偷地藏在他的房间里；他仿佛可以看见母亲躲在这个房间里，翻着旧照片，好让思念在溃堤前，还有个情感寄托能够安稳地陪伴她。

在房间休息的母亲似乎是听见小东回家的声音，走到了小东的房门外，母亲看着小东手上拿着的盒子，笑着说："这些都是你小时候的照片，我帮你收好了，毕业证书也全在里面，怕你哪一天要用到。"母亲边说边走到床边坐了下来，小东继续翻着纸盒里的旧照片，他试着一手将整叠的照片从纸盒拿出，想摊开在床上和母亲一起看。突然小东发现散落在床上的照片堆里，夹着一条用红色花绳编的项链，他一脸好奇地拿起项链，还没问，母亲便开口说起过往的一段回忆。

大约是在小东3岁，常常半夜莫名地发高烧，每次父亲都背着他到住家附近的一间家庭诊所，大半夜的拜托医生替孩子看诊，只是检查了好几次都找不出原因。有天，父亲下班回家途中，路过了一间寺庙，从不求神问佛的父亲下意识地走了进去，想替小东求个平安。离开前，有位老婆婆叫住父亲，她将一条用红色花绳绑成的平安链交给他，并和他说："这是保平安的，你拿回去，如果家里有人需要的话，帮他戴上。”

父亲回到家，替小东戴上这条项链，或许是巧合，那一天之后，小东的身体渐渐地好转，也不在半夜莫名地发高烧了。

母亲说完这段过往后，拿起了项链替小东戴上。项链贴在胸上时，小东的心里感觉很奇妙，这是一段和自己有关的过去，却不在自己的记忆里，像是一场被深埋的回忆。时间虽然过去了，但有个东西超越了时间，并被保留了下来，像是一道看不见的洋流，徜徉在宇宙万物之间，化作了一片温柔的形状，看不见却明显感觉得到，他知道，那是人们口中说的：爱。

2.

小东吐了一口气后，望向眼前嘈杂的台北街头，脑袋里奋力厘清的思绪在此刻却变得更加混乱。老师最后和他说的那句话，像是鬼魅一样，围绕在他的耳边，久久无法散去。

站在后头的玉子看着小东沉默的背影，她知道小东此刻的心情，于是她静静地陪在他身旁；对玉子来说，小东就像自己的家人一样，他的父亲也是自己的父亲，她曾经失去过那段来不及弥补的过去，所以她希望自己能陪着小东一起好好珍惜。

过了一会儿，小东回头望了一下玉子，他知道玉子一直在那儿，玉子走向前搭着小东的肩，两人一起看着台北市的街头，正当小东想开口诉说自己心中的感受时，玉子只说了一句："我懂。"

不知为何，原本忙乱喧嚣的街头，突然安静了下来，小东的眼泪像是无法控制地流了下来，这一天，在这无人注意的平凡日子里，有两个好朋友并肩站在彼此的生命之中，男孩流下的眼泪，只有这个女孩懂。

3.

"我就陪你到这儿了，你加油。"玉子陪小东回到住家楼下时，对他说了这句话。

小东眯着哭红的双眼，一脸傻笑地给玉子一个深深的拥抱。

他说："我的世界真的不能没你，爱你。"

玉子说："神经哦，我也爱你。"

两人互相挥手道别后，小东看着玉子离开的背影，他知道自己是幸福的。收起了眼泪，带着玉子的陪伴，他要继续面对接下来的日子。

上楼后，小东打开门，发现没有开灯的室内暗成一片，安静异常；他不安地快步走去父亲的房间，却发见父亲一个人惊恐地躺在床上，两眼瞪着天花板，想动却无法动弹，床单也早已尿湿了一摊。他赶紧过去帮父亲换洗，一问之下才知道，原来母亲在他出门没多久后，也跑了出去，丢下父亲自己一个人在家。

原本整理好的思绪像沙一样又被打散一地，愤怒又无奈的小东调节着呼吸，他必须先冷静下来处理眼前的混乱。他将父亲安顿好之后，就在准备出门替父亲买晚餐前，手机突然响起，荧幕上显示着母亲的电话；他站在门前接起了电话，电话那头的母亲早已醉得话语不清，小东再也按捺不住心中的情绪，失控地对着电话怒吼出自己照顾这个家的压力。这段日子以来，累积了太多的情绪，全都在此刻穿破了压抑，像是场火山爆发，直冲天际。

所有的不安和恐惧像是一场漫天纷飞的火山灰，覆盖了这片家园，躺在房间里的父亲听得一清二楚，眼泪早已顺着无力的脸庞滑落。小东挂掉电话，爆发后的情绪随之冷却，他也逐渐恢复了理智；他很清楚父亲一定听见了刚刚的爆发，赶紧走回房间想确认父亲没事，但当他靠近父亲时，父亲只是挥着无力的手，用沙哑不清的声音对着小东说：“不要管我。”

小东想安抚父亲，并试着上前拥抱他，只见父亲不断责怪自己拖累大家；他双眼瞪着天花板，发出一阵又一阵沙哑的吼声，激动地挥着双手，不小心一掌打到了小东的脸上，小东的泪水冲向了眼眶，他不懂为何自己这么努力地想保护这个家，换来的却是这样的下场。他颤抖着声音对父亲说：“为什么，为什么我这么努力地想照顾你们，你们却都要这样对我。”

父亲继续说着：“你不要管我。”

小东终于将心底最深层的压抑，一股脑地从心脏爆发开来，他吼着：“你们到底要我怎么做才好，我难道还不够努力吗？你再这样，我就真的不管你了。”

躺在床上动也不能动的父亲也对着小东怒吼了一句："你滚。"

一气之下，小东二话不说地转身走出家门，铁门奋力地在他身后甩上。只是没走几步，小东便转身靠在一旁的墙壁，颤抖的身躯沿着墙面缓缓地滑落至地上，溃堤的泪水早已浸湿了衣领；小东试着让自己哭泣的声音降到最低，只是当他越是想压抑，来自心底的痛就越是用力。

眼泪顺着悲伤的轮廓流成了河。小东低着头埋向自己的胸口，试图拉起衣领拭泪时，突然拉到脖子上的一条红色平安链，一时心底像是被抽出了一卷回忆灯片，快速地打在眼前：曾经在某个半夜，有个着急的父亲背着一个生病的孩子，连夜赶路去找医生；曾经有个父亲陪着这个孩子在蛋糕前许愿，希望他能健康地长大。

小东抓着脖子上的项链，像是有一股力量充斥了全身。他打开家门冲回房间；听见小东进门声的父亲，刻意地将头转向了另外一边，小东来到他的床边，跪坐在他的身旁，缓缓地解下脖子上的项链，轻轻地替父亲戴上。

他对着父亲说："爸，对不起。"

头转向另一侧的父亲，眼泪在这一刻也不听使唤地流下。

小东躺上了床，轻轻地将父亲抱在怀里，眼角流下的泪水还来不及擦；两个人不发一语、静静地看着天花板，像是回到了初次见面时，父亲抱着小时候的自己，生命宛如一场永无止境的长镜头，框出了温柔的轮廓。

此时小东脑海突然闪过了一个念头，下意识地说："爸，我们一起去旅行，好不好？"

父亲窝在小东的怀里没有说话，过了一会儿他点点头，泪水早已穿透了小东的心上。

那一天，小东想起了老师说过的话。他告诉自己，如果生命的期限有可能就这样摆在眼前，那或许，今天所得到的一切都是珍惜；因为明天和意外，不知道哪个会先出现，那在终点来临之前，我们就大胆地再好好活一场吧。

这世上哪有什么完不完美的事，

我并不是说不再期待完美这件事，

我只是不再只看遗憾那部分了。

我有的不多，但能给你我仅有的时间，
不管你需不需要，我会一直在。

我想成为你的手和脚

现在的我知道，绕了这么一大圈，原来啊，
我的梦想是，只要你们一切都好，我就满足了。
然后有天，我们再一起去一趟最美的旅行。

Chapter 9.

1.

“小时候对着天空许的愿望，都飞到了这里吗？”

小东望着窗外，高度已来到超越云层的位置，有人说最真诚的愿望会来到 38000 英尺，他专心地盯着眼前那一大片云海，想起出国前，玉子传来的一封讯息。

“小东，一直想告诉你，每次看着你爸的时候，都会让我想起我老爸。你记不记得有次我家人出国，回来时帮我们两个买了一样的礼物；那时候我跟我爸约定，等高中毕业之后，我们大家要一起出国玩；谁知道，我老爸不够义气，自己先走了。所以，当你说你要带家人去旅行的时候，我真的很替你开心；只想和你说，无论接下来的日子如何，我们都会一起走过。好好享受旅行，一路顺风啊，爱你。”

时间过得飞快，从决定到出发的这两年多，小东为了父亲的身体状况做了许多准备；虽然母亲偶尔依旧会情绪失控，但已经比父亲刚生病的那段时期好转许多。他心里想着，这是一趟必须出发的旅行。从 18 岁离家的那年开始，每当想家时，他总会抬头看看天空，对着天空许下愿望，希望有天可以带着家人，去看看自己曾去过的每个地方。

经过了漫长的飞行，三人终于抵达了新西兰南岛的皇后镇住处。出发前，小东的新西兰同事Pai得知他要带家人来旅行，热情地向他提议，他们家在皇后镇的瓦卡蒂普湖旁有栋夏日度假小屋，这段期间可以放心地住在那儿，这也让小东在规划住宿方面，省了不少麻烦。

Pai的祖母是新西兰的毛利人，小时候，祖母常常和她说起古老的传说，每当Pai说到那些故事时，小东和几个要好的同事总是听得入神。其中一个传说，令小东印象深刻，也是这次来新西兰一定要去的一个地方。

南边的岛有座延绵的雪山，其中最高的那座，相传它是宇宙万物的开端，古老的人们称它为Aoraki；部落中传说着人死亡后，灵魂会从Aoraki的山峰上回到天堂。我的祖母常常和我说，只要真心地对着Aoraki说出心里想要的愿望，万物之灵都会来帮助你的。

2.

刚入秋的皇后镇，日照的时间依旧很长，湖面像是蓝宝石般的被阳光照得发亮，鸭子在水面上自在地游水，安静的午后被划出了水纹；每当夕阳西下，相爱的人们并肩坐在湖边，环绕一旁的南阿尔卑斯山被染成了一片粉红，像极了童话故事里的一道日常风景。

这几天，因为长途飞行加上时差的关系，小东没有安排太多的行程。下午休息过后，他便带着父母亲在皇后镇的湖边散步，一路上，小东推着坐在轮椅上的父亲，细心地为他们解说当地的人文风景；走在一旁的母亲似乎没有太大的兴趣，可能是因为时差的关系，表情看起来很冷淡，小东赶紧带着他们走到湖边的一处树荫下休息。初秋的新西兰，太阳 7 点之后才开始准备下山，小东看了一下手机，现在是傍晚 6 点半，再过不久就可以欣赏落日；他让父母亲在树下先等着，自己跑去附近的咖啡厅买了些小吃，想和他们一起享受这宁静的片刻。

买完之后，正当小东踩着轻快的脚步回到湖边时，树荫底下一位老婆婆正在和父母亲比手画脚，从母亲尴尬的笑容看来，他们似乎正在试着聊天，小东知道母亲并不会说英文，他赶紧上前想帮忙翻译，老婆婆见到了小东后直说：“他们是你的父母吗？”

小东说：“是的。”

老婆婆一脸和蔼地和小东聊了起来，经常旅行的小东，早已习惯和外国人这样自然而然就聊起来的互动方式；当老婆婆得知小东带着家人来旅行时，不断地鼓励小东。她说起了几年前，自己也曾带着坐着轮椅的先生去旅行，小东听出老婆婆的先生可能已经离世了，他有点尴尬地说：“所以现在一切都还好吗？”

老婆婆说："一切都好，我的先生前年离开了，但我们曾一起度过了精彩的一生；至少在他离开前，我们做了许多不曾想过的事。"

小东安静地点头，说了几句简单的问候。虽然是还不太习惯聊到生离死别的话题，但不知为何心里的感受却是如此温暖；面对陌生人的关心，有些难以开口的话反而变得容易说出口，小东说出了心底的话。他说自己曾花了太多力气追着时间跑，一直到父母亲生病之后，才开始学着多留一些时间给他们。

老婆婆给了小东一个温暖的笑容，脸上布满的纹理像是一道道富有哲理的故事。离开前，老婆婆拍了拍小东的肩，说了这么一句话。

"你是个好孩子，你此刻付出的时间便是给予他们最好的礼物，时间代表着现在，现在也意味着永恒，而永恒源自于一件重要的事情，你的爱。切记，你的爱留下了时间。"

时间正好过了7点，日落的湖边渐渐坐满了人，那些相爱的人肩并肩地望着眼前粉紫色的天际，微风乍起，宁静深沉的湖面被写进了故事，小东回头望着老婆婆逐渐消失在人群里的身影。

有时候，只要我们还愿意去相信，在失去方向的生活里，总会遇上这么一个人，闯入我们毫无防备的生命里，化作一位天使，留给自己一次解题的机会，再转身离开。

3.

这几个礼拜以来，小东驾着车，带着父母亲开过了蜿蜒起伏的山脉、越过了宽阔草原旁的公路。这天，在前往Aoraki的途中，小东开进了一条叫作Lindis Pass的高山道路；这里因为地势较高又空旷，终年强风不断，两旁的丘陵似乎因此而光秃秃的，和台湾高山常见的茂密森林不同；世界在这里仿佛被切割成不同的空间，眼前的山路，像是一条漫长又赤裸的孤寂公路，让人不禁联想起生命原有的本质。

也许是身处在这杳无人烟的山路上，原本还偶有交谈的母亲安静了下来，小东从后视镜看见父母亲正专注地望着窗外的风景，他知道这些景象对他们来说有多奇特，于是小东把车开到路边停下，正将视线移回车内的母亲，在后视镜中和小东对视，小东看着母亲说："我们下去拍张照吧。"

一路上舟车劳顿的母亲看起来有点累，她按捺着有些不耐烦的神情走下车。下车后的母亲独自走向路边，安静地望向整片金黄色的空旷丘陵，也许是这片荒凉的风景让人心底感到赤裸，母亲看着

远方的山丘说：“这里什么都没有，谁要来这地方？”

小东默默地将父亲推到了母亲身边，他看向母亲望着的远方，一本正经地说：“或许因为什么都没有，我们才感觉得到自己拥有的啊。”

母亲一脸疑惑地转向小东，两人四目相接之后，不约而同地笑了出来，坐在一旁的父亲听见了笑声后，也忍不住地跟着笑了起来。

轻松的情绪在空气中迅速蔓延，母亲模仿着刚刚小东说话的语气，越笑越起劲；小东看着母亲脸上的笑容，几乎快想不起来上次是什么时候看见她如此开心了。自从母亲生病之后，小东总是小心翼翼地和母亲相处，生怕一个不小心说错了话，让忧郁的母亲再次陷入情绪的低谷。父亲生病这段期间，他太专注在父亲的照护和自己的工作上，却忽略了母亲。她需要的，或许只是一点点简单的关心和陪伴。

趁着母亲还在开怀大笑的时候，小东悄悄地从路边摘起了一朵白色小花，转身对着母亲说：“喏，送给我最美丽的妈妈。”不知是因为笑得太过用力，还是被小东突如其来的举动给感动了，母亲的眼角似乎泛着泪水。小东赶紧从背包里拿出相机，替母亲拍下照片。

当他把相机拿给母亲看时，母亲似乎很满意，小东又继续替她和父亲拍照；后来，母亲也兴奋地拿起相机替小东拍照。那一天，在一片近乎荒芜的金黄色丘陵上，有三个人站在一条看似什么都没有的漫长公路上，却拥有了全世界。

4.

新西兰人有句口头禅:“在这里，一天有四季。”

旅程的倒数第三天，原本早上还偶有阳光，到了下午，瞬间聚集了大量云朵，变成了阴天。车子正沿着普卡基湖转进8号公路，远方伫立着绵延不绝的南阿尔卑斯山脉，其中最高的那一座山头终年积雪，宛如仙境般的一处白色圣地。小东知道，那是他们的终点，他从出发的那天起，便带着最真诚的心，希望可以带着挚爱的人来到她的面前，听听自己心中最渴求的祈愿。

车子转进公路时，小东激动地对着后座的父母亲叫着:“你们看，快到了，我说的那座山就在前面。”

父亲静静地凝望着窗外，没有说话。

当车子接近Aoraki山脚下的入口处时，小东停好车，在公路上推着沉默的父亲，往Aoraki的方向慢慢前进。他在心中不断重复地对着远方的山峰说:“从今以后，如果父亲真的再也无法走路了，那我愿成为他的手和脚，陪他一起走遍世界的角落。”

或许是触碰到心底的最深处，小东想起了小时候，父亲曾问他:“小东啊，你的梦想是什么？”

小东看着父亲的背影，突然惊觉，他从未想过，那父亲呢？父亲也有过梦想吗？

于是他打破了沉默："爸，你的梦想是什么啊？"

父亲没有说话，只是摇摇头。

小东不确定父亲摇头是不是因为说话不方便而不知该怎么回答，便再问了一次："爸，你曾经有过梦想吗？"

父亲依旧摇了摇头。

小东不放弃，又问了一句："那你现在最想做的是什么事？"

大概是长途旅行累了，父亲含糊说了一声："回家。"

一旁的母亲见状，对着小东说："你爸累了，今天早点回去休息吧。"

5.

隔天，也是旅行倒数的第二天，小东一早推着父亲沿着湖边的公路散步，阳光穿越了厚厚的云层，一道光束打在湖面正中央。昨天对话僵持的氛围似乎仍延续至今，一路上，小东都没有说话，加上路上寥寥无几的车辆，仿佛整个岛上都安静了下来，这个世界只剩下一对沉默的父子。

“旅行。”父亲打破了寂静，声音似乎比以往清楚了一些。

小东不确定自己听清楚了，又再问了一遍：“你说什么？”

父亲断断续续地说：“梦想……旅行。”

走在后头的小东，没有答话，眼泪流成两行。他望着眼前那雪白的山峰，心里一阵惆怅，他知道这个梦想，对于现在的父亲来说，就像远方那雪白的山头，虽然看得见，却难以到达。

他停了下来，对父亲说：“爸，我们在回家前，一起做一件疯狂的事好不好？”

父亲点了一下头，没有说话。

小东说：“准备好了吗？要开始了哦。”

接着，小东将父亲轮椅上的安全带系好，他推着父亲奋力地在公路上奔跑，途中他大声地喊着：“冲啊！我们一起去旅行吧！”

父亲用沙哑的声音呼应了小东，缓缓地将双手张开，迎着风，开怀地笑着。

6.

旅行的日子，时间似乎过得比时钟还快，小东常在不自觉地看着父亲的背影时，突然感到一阵恐惧。他害怕时间过得太快，害怕自己来不及赶上离开的脚步，每当想到这里，小东的眼眶就泛满泪水，他认真地记下父亲在每处风景前的背影，安稳地存放在心上。

那天，他们从湖边的公路跑向山脚下；记忆中，小东推着父亲跑了好远好远，山峰和湖水全都化成了父亲的模样，母亲一脸满足地站在目的地等着他们回家。

离开前，小东最后一次推着父亲到了湖边，夕阳正好落下，小东从身后轻轻抱住父亲，他对父亲说："爸，你还记得小时候，你曾问过我，我的梦想是什么吗？那时候的我什么都不懂，不知道怎么回答，但现在我知道，绕了这么一大圈，原来啊，我的梦想是，只要你们一切都好，我就满足了。然后有一天，我们再一起去一趟最美的旅行。"

父亲静静地没有说话，呼吸逐渐变得缓慢。

小东接着说："我们明天就要回家了，但我想和你说，无论在哪儿，只要有你在的地方，就是家。"

父亲闭上眼，眼角流下一滴泪，打在小东的手上。

湖面被夕阳打成一片碎金，山峰上的雪正准备进入冬眠，水蓝而透明的冰河随着岁月的痕迹流入了大湖之中。

迁徙的雁群沿着湖面盘旋，有只飞了好久好久的白色候鸟转身飞翔，独自朝着北方远去，紫蓝色的天际映出了归途的背影，像是一首诗吟唱着——

“亲爱的孩子啊，今后我将飞向远方，飞越天际线到你梦境的边缘；时间随着肌肤纹理流逝，我将不眠不休地飞翔。我想我会继续自己的飞翔，一直到有一天回到你身旁。”

长大了才知道，眼泪有三种。

小时候的我们，哭，是因为得不到；

成长的过程，哭的是失去；

后来的我们，哭，是因为懂了。

你离开后，

我也活成了你的样子。

你的模样

每一次的咀嚼都像是一次思念。
小东知道母亲眼角上的泪水，
他假装没看见，继续将自己快溢出来的泪水往肚子里吞；
他想着，如果思念有声音，
在天上的你，现在应该笑得很不好意思吧。

Chapter 10.

1.

周末的清晨，太阳沿着海平面上升，照射一整片悠悠山野；路灯正熄灭，中央山脉上的云才刚醒，被太平洋的风吹往更高的地方，在天边形成了一朵又一朵的棉花糖云；山脚下的村落像是被藏进了画里，鸟儿沿着山谷鸣唱，飞翔在人们口中的家。

2019 年的初夏，阳光飞速地钻进所有的缝隙，穿过了房间的窗，打在还在做梦的小东脸上。

小东将身体往右挪了一些，好让自己不要晒到太阳，左手拿起床头柜上的手机，眯着眼看屏幕上显示的时间，才 7 点多啊。小东转头看着窗外的好天气，想着今天似乎是钓鱼的好日子，奋力地从床上起了身；空气里飘散着淡淡的米香味，母亲将正煮好的稀饭端上桌，听见房间的动静，便叫了声："起床吃早餐了。"

"好，来了。"

小东回头望着窗外，延绵的山峰上，有棵翠绿的树，树梢正被微风吹得晃呀晃，阳光洒进窗边的木桌上，桌上几幅相框被照得发亮，他看着照片上那男人的笑容，轻轻说了声早安。

2.

走进厨房，母亲用衣角擦干了双手，将最后一道炒菠菜摆上了桌；菜脯蛋、皮蛋豆腐和昨晚刚卤好的酱菜并排放在桌上，最后母亲又挖一块豆腐乳放在小碟子里，一顿丰盛完美的早餐登场。

小东刷完牙后，满心期待地准备吃早餐。母亲盛满两碗稀饭，拿出一包肉松放在桌上，小东从小就不喜欢吃肉松，他想母亲可能是忘了，笑笑地和她说："妈，我不吃肉松啦。"

"哎呀，我一时忙糊涂了。以前你老爸吃稀饭的时候，一定要配肉松，有天肉松没了我也忘了买，他还给我板着一张脸，没吃几口就说饱了，真的是气死我。"

讲完后，小东和母亲两人纷纷笑了出来，因为这件事笑了好久；母亲继续说着父亲不为人知的小八卦，小东边吃饭边揣摩父亲板着脸吃饭的神情，逗得母亲笑得合不拢嘴，吃到一半的小东决定放下筷子，他看着桌上的那包肉松说："今天就来挑战一次吧。"

两人一阵安静，小东轻轻地将包装打开，倒一些进碗里，一阵肉香扑鼻而上，低头闻了一下说："原来这么香啊。"

母亲在一旁轻轻地笑一下没说话，眼角似乎湿湿的。

小东将肉松顺时钟地拌进稀饭，接着大口大口地送进嘴里，直到身体塞满了思念；他张着嘴用仅有的空隙呼噜呼噜地说着：“原来，稀饭配肉松才是人生啊。”

母亲在一旁擦掉了眼角准备滑落的泪水，笑了出来。

每一次的咀嚼都像是一次思念。小东知道母亲眼角上的泪水，他假装没看见，继续将自己快溢出来的泪水往肚子里吞；他想着，如果思念有声音，在天上的你，现在应该笑得很不好意思吧。

爸，你知道吗？我只是突然好想你，真的好想你。

3.

周末的台东，空气里飘散着独有的缓慢节奏，时间在这有着特殊的计算方式，墙上旋转的指针只是记录日子的工具。努力为你爱的和爱你的人去活着，才是生命流动的本质。

小东在出门前，拿起了抽屉里那本咖啡色的笔记本，他小心翼翼地在仅存不多的空白处写下这句话；前几页的潦草笔迹还透着回忆，几年前的墨迹渗透了页面，父亲重复写着三个字，写着他的名字。

这一年大家早已习惯将想说的话放在网络上，但在他心里，有些话他想留在这本笔记本上，安稳地放置在属于他们的地方。

早上9点不到，小东一如既往地先是骑着摩托车到市区的钓具行，从冰箱里挑了几包钓饵准备结账，老板低头避开老花眼镜的镜片，看见了熟悉的身影，于是脱下正在看报纸的眼镜："今天天气好，去哪儿钓啊？"

小东说："老地方。"

老板说："金樽啊，听说前几个礼拜的台风，最近又有石斑鱼被吹到港口啦。"

小东说："是啊，我妈这两天也一直说。"

小东又说："钓到了再送几条过来。"

老板笑着说："跟你老爸一个样。"

小东笑笑的没说话。看着柜台后边的墙壁上，一张父亲和老板开心出海钓鱼的褪色照片，照片上的男人灿笑得如海平面初升的光，金黄色的水波倒映成他温柔的模样。

"谢啦，老板！那我先走了。"

看着小东转身准备离开的背影，老板像是被熟悉的景象唤起了记忆，叫住了小东。

"等等，小东。"

"嗯？"

老板比画着进来的手势，小东走近柜台，看着老板起身走进仓库的背影，视线不由自主地再度回到墙上挂着的父亲的照片，心里闪过了好多声音，其中一个不断反复地在体内说着——

“多么希望能再和你一起去钓鱼，就算只有那么一次也好。”

跨越了好几个箱子走出来的老板，右手拍打着衣服上的灰尘，左手拿着一支全黑的钓竿，被灰尘染成黑灰色的竿头上贴着一张便条纸，上面写着“周叔”，他知道，那是平常大家称呼父亲的外号。

老板说：“来来来，刚刚说到石斑鱼我才想到。前几年，也是台风天过后，你父亲为了要去钓石斑鱼，特地跑来订了一支钓竿，后来听说他生病了，我就先帮他保管，放着放着差点就忘了。带回去吧，保管费我就不收了。”

老板开了小玩笑，最后对着坐上摩托车的小东喊了一声：“帮我和你妈问好。”

小东戴上安全帽，将装饵的袋子挂在前座的挂钩上，竿子一把斜靠在左肩上；沿途回家的路上他不自觉地笑了出来，像是有人点中了自己的笑穴，一发不可收拾，越笑越大声，一旁路过的骑士纷纷被他对着空气大笑的傻样吓着。小东像是听见了此生最幽默的故事，笑得无法自抑，眼角的泪水被迎面而来的风吹向后方，以完美的弧度落在柏油路上，像是裹上了心底最深层的温度，滚烫地烧出了一个洞。

这几年从未发觉过的悲伤，忽然一涌而上，穿破了心脏，沿着左肩上的钓竿顺势而喷发，嘴角的弧度依旧上扬，眼泪却不听话地滚出眼眶。

小东对着天边嘶哑地大喊——

“爸，我回来了，我答应过你要回来一起钓鱼的啊，你怎么这么不守信用，自己先走啦。”

“我真的好想你，你听得见吗？”

4.

父亲的声音听起来像是刚睡醒。

父亲说："喂，小东啊，我没事，发烧打个点滴就好了。"

小东说："爸，要多休息啊。"

父亲说："没事，别担心。"

小东说："没事就好。"

"我知道你忙，事情办完之后，有空再回来台东一趟吧，最近新买了一副钓具，陪我去钓鱼。"

"好。爸！要多注意身体哦。"

"没事的，你自己也是啊。"

声音逐渐地远离话筒，应该是交到了母亲的手上，接着按下结束通话的按键。

2010 年，11 月 29 号，电话挂掉的那一天，小东看着窗外的蓝天，台北的云看起来软塌塌的，像是快融化的过期糖衣，不像自己老家天上的棉花糖云，一朵一朵地飘在天上。

5.

初夏的金樽渔港，微凉的海风温柔地吹抚双颊，打在港边的浪像是大海的脉搏，有规律地拍动着；小东拿起后车厢那只全黑的钓

竿，再次确认上面的灰尘全都被擦干净了，一把乌黑的钓竿在阳光下闪闪发亮，小东快速地绑上鱼线，母亲在一旁将饵备好、钩上，轻轻朝着眼前的大海甩竿。

小东和母亲两人面朝大海坐着，整个过程中没有说太多话；小东看着眼前父亲留下的钓竿，心里想着不知母亲是否知情，正打算开口时，母亲看着抖动的钓竿喊了一声："在吃了、在吃了，准备拉竿。"

回过神的小东赶紧起身拿起钓竿，迅速地将钓竿往空中钩了一下，接着猛力地转着收线器，一旁的母亲也跟着起身，等不及看着被拉起的鱼线。

"有了、有了，大只的。"母亲像个孩子般地在一旁起舞。

双钩。小东将线转到了底，两条黑黝黝的石斑鱼被钓起，在阳光下显得更是黝黑发亮。

母亲迅速地将鱼拆下，放进一旁装着海水的冰箱，正准备换上新的钓饵时，小东拿起了手机和母亲说："妈，我们先来拍一张合照吧。"

母亲还来不及反应，虽然一边念着样子很邋遢、拍照不好看，一边还是顺势地用手边的抹布擦擦手，右手轻轻地调整被风吹乱的刘海，清秀的脸庞在岁月无情的催促下，依旧显得动人。小东将钓竿直立在两人中间，闭上眼睛，将头微微靠在竿子上，想象着父亲就在身旁，母亲一脸慌乱地看着手机屏幕频问：“啊，镜头在哪里？我要看哪里？”

两人一时被这不协调的状态逗得哈哈大笑了出来，那一刻小东按下了快门。

世界没有停止转动，阳光穿过了高挂在蓝天上的棉花糖云，轻柔地洒在小东和母亲的脸上，乌黑的钓竿在阳光下被照得一闪一闪的。远方像是有个人正笑着挥手道别，太平洋的风里哼着浪花拍打的歌声，港口边的水蒸气缓缓上升，凝结成了一片薄薄的思念，飘向中央山脉的山头上，像是一幅名为“回家”的画。

这幅画里，无论在哪儿，永远都有父亲的模样。

画里说着一种爱，是在你离开了之后，我也活成了你的模样，深切地，刻在心上。

别沮丧，此刻所有的悲伤与不安，

都将换上未来你的一脸云淡风轻。

图书在版编目（CIP）数据

陪伴，是世上最奢侈的礼物 / Peter Su 著 . -- 北京：现代出版社，2020.7
ISBN 978-7-5143-8689-9

Ⅰ . ①陪… Ⅱ . ① P… Ⅲ . ①随笔—作品集—中国—当代 Ⅳ . ① I267.1

中国版本图书馆 CIP 数据核字（2020）第 104795 号

版权登记号：01-2020-3308

陪伴，是世上最奢侈的礼物

作　　者：Peter Su 著
选题策划：杨　静
责任编辑：杨　静　王　羽
出版发行：现代出版社
通信地址：北京市安定门外安华里 504 号
邮政编码：100011
电　　话：010-64267325　64245264（传真）
网　　址：www.1980xd.com
电子邮箱：xiandai@vip.sina.com
印　　刷：北京瑞禾彩色印刷有限公司

开　　本：880mm×1230mm　1/32
印　　张：6.125　　字　　数：114 千字
版　　次：2020 年 7 月第 1 版　　印　　次：2020 年 7 月第 1 次印刷
书　　号：ISBN 978-7-5143-8689-9
定　　价：45.00 元